共和国故事

强国之举

——鞍钢三大重点工程胜利竣工

郑明武 编写

吉林出版集团股份有限公司

图书在版编目（CIP）数据

强国之举：鞍钢三大重点工程胜利竣工/郑明武编. —

长春：吉林出版集团股份有限公司，2009.12

（共和国故事）

ISBN 978-7-5463-1750-2

Ⅰ. ①强… Ⅱ. ①郑… Ⅲ. ①纪实文学 – 中国 – 当代 Ⅳ. ①I25

中国版本图书馆 CIP 数据核字（2009）第 237719 号

强国之举——鞍钢三大重点工程胜利竣工

QIANGGUO ZHI JU　ANGANG SAN DA ZHONGDIAN GONGCHENG SHENGLI JUNGONG

编写　郑明武

责任编辑　祖航　李娇　关锡汉

出版发行　吉林出版集团股份有限公司

印刷　三河市嵩川印刷有限公司

版次　2010 年 1 月第 1 版　　2022 年 1 月第 9 次印刷

开本　710mm×1000mm　1/16　　印张　8　字数　69 千

书号　ISBN 978-7-5463-1750-2　　定价　29.80 元

社址　吉林省长春市福祉大路 5788 号

电话　0431 – 81629968

电子邮箱　tuzi8818@126.com

版权所有　翻印必究

如有印装质量问题，请寄本社退换

前　言

自 1949 年 10 月 1 日中华人民共和国成立至今,新中国已走过了 60 年的风雨历程。历史是一面镜子,我们可以从多视角、多侧面对其进行解读。然而有一点是可以肯定的,那就是,半个多世纪以来,在中国共产党的领导下,中国的政治、经济、军事、外交、文化、教育、科技、社会、民生等领域,都发生了深刻的变化,中国人民站起来了,中华民族已屹立于世界民族之林。

60 年是短暂的,但这 60 年带给中国的却是极不平凡的。60 年的神州大地经历了沧桑巨变。从开国大典到 60 年国庆盛典,从经济战线上的三大战役到经济总量居世界第三位,从对农业、手工业、资本主义工商业的三大改造到社会主义市场经济体制的基本确立,从宜将剩勇追穷寇到建立了强大的国防军,从废除一切不平等条约到独立自主的和平外交政策,从"双百"方针到体制改革后的文化事业欣欣向荣,从扫除文盲到实施科教兴国战略建设新型国家,从翻身解放到实现小康社会,凡此种种,中国人民在每个领域无不留下发展的足迹,写就不朽的诗篇。

60 年的时间在历史的长河中可谓沧海一粟。其间究竟发生了些什么,怎样发生的,过程怎样,结果如何,却非人人都清楚知道的。对此,亲身经历者或可鲜活如昨,但对后来者来说却可能只是一个概念，对某段历史的记忆影像或不存在，或是模糊的。基于此，为了让年轻人，特别是青少年永远铭记共和国这段不朽的历史，我们推出了这套《共和国故事》。

《共和国故事》虽为故事，但却与戏说无关，我们不过是想借助通俗、富于感染力的文字记录这段历史。在丛书的谋篇布局上，我们尽量选取各个时代具有代表性或深具普遍意义的若干事件加以叙述，使其能反映共和国发展的全景和脉络。为了使题目的设置不至于因大而空，我们着眼于每一重大历史事件的缘起、过程、结局、时间、地点、人物等，抓住点滴和些许小事，力求通透。

历史是复杂的，事态的发展因素也是多方面的。由于叙述者的视角、文化构成不同，对事件的认知或有不足，但这不会影响我们对整个历史事件的判断和思考，至于它能否清晰地表达出我们编辑这套书的本意，那只能交给读者去评判了。

这套丛书可谓是一部书写红色记忆的读物，它对于了解共和国的历史、中国共产党的英明领导和中国人民的伟大实践都是不可或缺的。同时，这套丛书又是一套普及性读物，既针对重点阅读人群，也适宜在全民中推广。相信它必将在我国开展的全民阅读活动中发挥大的作用，成为装备中小学图书馆、农家书屋、社区书屋、机关及企事业单位职工图书室、连队图书室等的重点选择对象。

编　者
2010 年 1 月

一、 决策筹建

● 朱德对参加会议的鞍钢代表说："钢铁工业是一切工业的骨干，我们首先要把东北的钢铁工业建设起来，发展东北也是为了全国。"

● 李富春在全国政协会议上说："到1953年，我们修建铁路的钢轨，就可以完全由自己解决了。"

鞍山钢铁厂迎来解放

1948 年 2 月 19 日，农历正月初十，初春的鞍山依然冰天雪地，滴水成冰。

然而，此时的鞍山市民却都感到心里暖洋洋的，他们纷纷冲到屋外，高声欢呼。

对于鞍山人来说，这一天是一个值得纪念的日子，因为在这一天鞍山迎来了解放。

也是在这一天，鞍钢回到了人民的怀抱。鞍钢的解放，使人民政权终于有了一个属于自己的大型钢铁厂，这对于处在解放战争中的人民政权来说，无疑是一个巨大的鼓舞。

自从人类进入铁器时代以来，钢铁业是否发达，一直是衡量世界各国经济实力的一个重要标志。

我们伟大的祖国是很早就掌握冶铁技术，并且是首先使用铸铁和用生铁炼钢的文明大国，钢铁生产曾在世界范围内长期处于领先的地位。

但到了近代，却因内忧外患而停滞不前，中国近代的钢铁工业始于 1880 年张之洞兴办的汉阳铁厂。

旧中国钢铁工业基础薄弱，生产能力低下，产钢最多的一年，产量也只有 92.3 万吨。

多少仁人志士，为了振兴中华勤学苦读，有的远涉重洋，去西方学习矿冶技术，但是他们"立志矿冶，实业救国"的苦心，在旧中国只不过是一种梦想。

鞍山地区矿产资源丰富，冶铁业具有悠久的历史。早在春秋战国时期，这里的人们已能生产和使用铁器。两宋时期，鞍山地区的冶铁业盛极一时，有"辽东镇铁，天下第一"的美誉。

到了近代，日本帝国主义觊觎鞍山地区丰富的矿藏，利用各种手段攫取了鞍山地区矿产资源的开采特权。

1916 年，由"满铁"全额出资成立"振兴铁矿无限公司"，1918 年正式成立了"鞍山制铁所"，1933 年又成立了"昭和制钢所"。

侵华战争期间，日本帝国主义疯狂掠夺鞍山地区丰富的矿产资源，残酷压迫和剥削中国人民。从 1918 年到 1945 年，日本帝国主义仅在鞍山地区就掠夺钢铁等战略物资 1000 多万吨，给中国人民造成了巨大的灾难和损失。

1945 年 8 月，日本战败投降。由于国民党政府腐败无能，在国民党接收鞍钢的 22 个月里，仅生产钢 9000 吨。

一唱雄鸡天下白。1948 年 2 月，鞍钢迎来了解放。但是，由于战争的破坏，此时的鞍钢厂区，已是千疮百孔，满目凄凉，到处是残垣断壁，蔓草丛生，整个鞍钢，已经没有一台能够转动的机器了。

面对人民政府提出恢复鞍钢的决议，当时尚未遣返回国的原"昭和制钢所"理事濑尾不无嘲讽地说:"恢复鞍钢,谈何容易,需要美国的资金、设备,日本的技术和20年的时间,而现在你们一无所有,只好在这里种高粱吧。"

但是,在中国共产党的领导下,当家做主的鞍钢广大职工,以自力更生、发愤图强的业绩粉碎了帝国主义的预言。

鞍山解放后,中共中央指出:

> 鞍钢的规模很大,工人众多,要迅速恢复,投入生产,支援解放战争。

1948年4月和7月,毛泽东两次给东北局发电报,要求必须保护好鞍钢的工程技术人员,做好留用技术人员的工作,不能以"俘虏"对待。

1948年12月26日,鞍山钢铁公司正式成立,翻身解放的钢铁工人,以极大的革命热情和生产积极性,投入到修复鞍钢的热潮中。

面对困难,钢铁建设者们坚决按照毛泽东同志和党中央的战略决策,抓住重点,先从鞍钢着手,恢复东北工业。新中国学习工业管理的工作也先从这里开始。

在当时,东北工业部处以上干部都要深入到鞍钢的工厂、矿山。从采矿、选矿、烧结、焦化、炼铁,到炼钢、轧钢等生产工序,一个一个看,一个一个听,从头到尾，向内行学习，向专家技术人员请教，包括原国民党资源委员会中的专家以及尚留在鞍钢的几位日本技术人员请教。

在此期间，钢铁建设者们上午实地观摩考察，下午听技术人员讲课。一边学习，一边了解情况，一边研究恢复生产的方案。

1949 年 7 月 9 日，鞍钢举行了隆重的开工典礼。开工后，以飞溅的钢花和铁水，迎来了新中国的诞生。

毛泽东知道这个消息后，他很高兴，立即委派李富春代表党中央到鞍钢亲送锦旗，以示祝贺。锦旗上毛泽东亲笔写着八个大字：

为工业中国而斗争

从此，鞍钢在人民政府的领导下，不断创造出一个又一个辉煌的业绩。

中央支持"三大工程"开工

1949 年 10 月 1 日 15 时，首都 30 万军民齐集天安门广场举行开国大典，毛泽东向全世界宣告了中华人民共和国的成立。

这一刻，全世界都听到了中国这条东方巨龙的呐喊：

中国人民从此站起来了！

从此，中国历史开始进入新纪元。

然而，中华人民共和国成立后，面临的第一个艰巨任务，就是恢复生产。

其中，恢复钢铁生产是国家恢复生产的重中之重。由于破坏严重，恢复生产遇到了许多困难：因为停产多年，设备被拆、被盗，残缺不全，尚存的设备、仪器也因年久失修，损坏严重。

同时，原日本占领时所据有的企业，掌握技术的主要是日本人，中国工人多是从事体力劳动，不掌握技术。

另外，在当时，中国工业基础薄弱，修复工程所需设备材料严重不足。再加上国家财政困难，又适值抗美援朝战争爆发，资金严重不足。

但是，中国共产党和中国人民并没有被困难吓倒。

1950 年 6 月，党的七届三中全会提出，在今后三年左右时间，党的中心任务是争取国家财政经济状况根本好转。恢复生产，首先恢复农业生产、交通运输和解决动力、原材料问题，因此钢铁工业的恢复也就提到重要的位置。因为东北地区原有的重工业基础较好，所以恢复工作的重点放在东北地区。而东北的重点则放在鞍钢。

鞍钢在恢复过程中，得到了毛泽东、周恩来等党和国家领导人的最大关怀。

1949 年春，党中央、毛泽东就发出指示：

鞍山的工人阶级要迅速在鞍钢恢复生产。

1949 年底至 1950 年初，毛泽东、周恩来率中国党政代表团访问苏联，把苏联援助鞍钢恢复生产和改扩建问题，包括建设鞍钢"三大工程"，列为与苏联政府谈判的重要议程，并取得圆满结果。

在访苏回国途经沈阳时，毛泽东得知鞍钢生产的钢材已运往各地，非常高兴，对身边的同志说："鞍山出了钢材，还要出人才。"

1949 年 12 月，在新中国成立后的第一次全国钢铁会议开幕式上，朱德就对鞍钢的恢复和发展寄予厚望。

朱德对参加会议的鞍钢代表说：

钢铁工业是一切工业的骨干，我们首先要

把东北的钢铁工业建设起来，发展东北也是为了全国。鞍钢的恢复工作成绩很大，对帝国主义、国民党遗留下来的东西要好好利用，对技术人员，包括原国民党政府资源委员会的人员也要充分信任，很好使用，在这个基础上发展我们的工业是很有希望的。

1952 年，在我国国民经济恢复阶段已经取得巨大成就，新的建设高潮即将到来的时候，中共中央确定以东北工业基地为基础，集中全国的人力、物力、财力，争取在较短的时间内把东北工业发展起来，并把鞍钢作为东北工业建设的重点。

1952 年 5 月 4 日，中共中央批示：

　　要集中全国力量首先恢复和改建鞍山钢铁公司。

李富春同志在关于第一个五年计划的报告中也明确指出：

　　最重要的是，要在第一个五年计划期间，基本上完成以鞍山钢铁联合企业为中心的东北工业基地的建设，使这个基地能更有力地在技术上支援新工业基地的建设。

鞍钢经过三年多的恢复性建设，取得了很大成绩。但由于恢复工作是在日伪和国民党遗留的基础上进行的，原来设备陈旧、技术落后、生产不平衡、布局不合理等殖民地企业的根本缺陷并未改变。

为了适应社会主义建设的需要，国家规定在第一个五年计划中，鞍钢要在基本建设方面完成从矿山到轧钢的 37 项重点工程，基本上建成一个先进的大型钢铁联合企业。

由于党和国家在新中国成立之初就把鞍钢作为全国建设的重点，即使在抗美援朝战争爆发的紧要关头，也没有动摇党中央恢复建设新鞍钢的坚定决心。

因此，鞍钢"三大工程"的准备工作在恢复生产的同时，即已全面展开。

也正是在中央领导的亲切关怀下，才保证了鞍钢"三大工程"的顺利动工。

鞍钢"三大工程"破土动工

1951 年 10 月,国家财经委员会副主任李富春在全国政协会议上作题为《中国工业的目前情况和我们的努力方向》的报告,其中说:

> 到 1953 年,我们修建铁路的钢轨,就可以完全由自己解决了,大型钢材、无缝钢管及薄型钢板也能大部分解决了。这些新厂的建设,对于我国的重工业,是会有一定的加强作用。

李富春的报告,实际上是向全国、全世界宣布:

> 1953 年新中国将有新的大型轧钢厂、无缝钢管厂开工投产。

然而,当时鞍钢的情况是无缝钢管厂和大小轧钢厂这两项工程还仅仅是张蓝图,还没有破土动工。要实现李富春同志提出的任务只剩下不到两年的时间。可见,当时鞍钢建设者肩上的担子有多重。

1951 年 10 月 12 日,苏联专家帮助完成了恢复和改造结钢的总体规划设计,其指导原则是:

扩大鞍钢生产规模，使之大大超过以往达
到的最高水平；建设新的大轧钢厂，保证生产
多种产品，以满足中华人民共和国之需要。

随着设计的完成，鞍钢"三大工程"破土动工在即，
鞍钢对各类人才的需求就变得格外迫切起来。

1951年12月13日，李富春给毛泽东和周恩来写报
告，请求动员全国有关方面的力量帮助鞍钢建设"三大
工程"。

12月17日，毛泽东批示：

完全同意，应大力组织实行。

1952年3月19日，中央人民政府政务院财政经济委
员会党组就我国钢铁工业发展方针、速度与地区分布问
题，提出集中全国力量，特别是技术人员，首先进行鞍
钢的恢复与改建工程建设的方针，得到了中共中央和毛
泽东的首肯。

于是，在毛泽东批示的鼓舞下，全国各地派遣了大
批有经验的干部和工人到鞍钢参与了"三大工程"建设。

负责基建的人员有了，但是，当时这些新来的建设
者们大都没有建设经验，经验缺乏成为一个新的瓶颈。

为了迅速扭转被动局面，鞍钢建设者遵照中央和东

北局、东北工业部的指示，根据国家建设鞍钢的方针和总体设计的要求，积极开展工作，情况很快发生了变化。

1952年2月之前，鞍钢领导集体着重引导鞍钢全体干部从思想上加强对基本建设的认识。

接着，从1952年3月开始，鞍钢领导集体采用"割韭菜"的办法，先从生产单位抽调了15名老干部，170名一般干部，180名技术干部以及大批技术工人转到基本建设。

与此同时，中央从全国47个主要城市，70多个单位给鞍钢调来近千名干部和技术工人。

这样，鞍钢就有条件充实机构，扩充队伍，着手建立12个职能处、1个驻国外小组、7个专业工程公司和5个主要工地，同时组建了政治部及政治工作系统。

从1951年7月到1952年7月，基建工人增加三倍多，技术人员增加两倍多，干部增加近一倍。

基建队伍的加强，对扭转1952年上半年基建工程完不成任务的局面起了决定性的作用。

大型、无缝工程，1952年8月份以前，每月平均只完成计划的6%，9月份完成计划的19%。

加强领导、充实力量后，立见成效，10月份仅用20天便完成了全月计划。

施工力量集结起来后，鞍钢领导集体就开始有计划有步骤地进行培训。

培训的内容和方法是政治教育与业务教育相结合、

学与用相结合。

培训的形式也多种多样，有短期训练班、到现场实际操作、订师徒合同等。

1952年，共培养了4300名技术工人，1000多名专业干部。

在当时，鞍钢还特别注重发挥知识分子在"三大工程"建设中的作用。

为了提高干部和技术人员的业务水平，鞍钢领导集体还针对施工过程中遇到的问题，请苏联专家讲课。这种理论联系实际的学习方法，收到了良好效果。

随着鞍钢生产和建设规模的逐步扩大，党中央和东北局先后派了近500名地委级老干部来鞍钢，当时称之为"五百罗汉"。

这些同志绝大多数来自老根据地和部队，他们不懂工业和技术，是所谓"白帽子"。

但是，这些同志遵照中央指示，决心变外行为内行，如饥似渴地学习文化和技术。

鞍钢领导集体为老干部积极创造学习条件，成立了老干部学校。

在培训学校，学员按不同文化程度编班，每天早7时到9时上课，并长年坚持学习。

1951年，鞍钢还选送55名老干部和技术人员到苏联学习。不少同志很快地掌握了专业技术，在"三大工程"和鞍钢的建设中发挥了积极作用。

通过学习和实践，鞍钢建设者们逐步摸索到基本建设的规律和管理经验。

随着物资、人员到位，鞍钢"三大工程"的筹备工作顺利结束，"三大工程"开工已万事俱备。

1952 年 7 月 14 日，无缝钢管厂破土动工。

1952 年 8 月 1 日，大型轧钢厂破土动工。

1953 年春天，七号高炉工程破土动工。

于是，从 1952 年下半年起，"三大工程"就轰轰烈烈地开始了。

二、艰苦奋斗

- 系主任笑着对李元辉等人说："你们的分配很简单，也很特殊，全班同学都到一个单位去，到正在进行大规模建设的鞍山钢铁公司去！"

- 要回家过年的工人纷纷说："年可以不过，国家任务不能不完成。"

- 一位工程师拿着建议书来找张明山说："反围盘是不会成功的。日本人搞了 20 年没成功，外国的书上也没有看见过。"

各类人才纷纷拥向鞍钢

1952 年初春，东北工学院冶金系传诵着一个激动人心的消息：

> 为支援某钢铁基地的建设，冶金系新开设一个钢铁压力加工专业，由于时间紧迫，现招生来不及，故决定将现有的两个班：钢铁冶炼专业三年甲班、乙班改为钢铁压力加工专业甲、乙班，并且为适应建设需要提前毕业。

后来担任大型轧钢厂副总工程师的李元辉，当时正在钢铁冶炼专业三年乙班学习，听到上级的这个决定之后，既高兴，又担心。

高兴的是新中国成立仅短短两年多时间，工业建设发展得如此迅速，对工程技术人员的需要如此迫切。这说明祖国确实需要我们！人民需要我们提前走上建设岗位！

对于祖国、人民的呼唤，李元辉这些年轻人怎能不激动呢！作为我国有史以来第一个轧钢专业的首批学员，怎能不高兴呢！

但同时，李元辉也担心冶炼专业课程已学了半年多了，中途改专业又要提前毕业，能掌握好轧钢专业知识吗？

消息很快变成了现实，钢铁冶炼专业的甲、乙班真的改为了钢铁压力加工专业甲、乙班，学校为此也做了特殊安排。7月，别的专业都放暑假了，而钢铁压力加工专业这两个班则仍然紧张地学习着。

时间不等人，李元辉等人只有用加倍的努力来补偿压缩了的时间。

9月，学习结束，提前毕业。同窗三年多，大家依依惜别。

当全班同学集合在一起，宣布分配单位时，系主任笑着对李元辉等人说："你们的分配很简单，也很特殊，全班同学都到一个单位去，到正在进行大规模建设的鞍山钢铁公司去！"

李元辉等人先是一怔，然后就热烈地鼓起掌来，很多同学还激动得流下了眼泪：能够参与新中国第一个钢铁基地的建设，这是一件多么光荣的事呀！

据张乃平后来回忆说：

> 1952年9月，我由东北工学院冶金系毕业，全班同学30多人全部被分配到鞍山参加工作。在新中国第一个五年计划开始实施、社会主义建设即将蓬勃开展的前夕，我们能够亲身投入到祖国钢铁工业的摇篮——鞍山钢铁公司的改

造和建设中来，大家的心情都非常激动，都感
到无比的光荣和自豪。

从 1952 年 9 月到 1953 年 8 月，我被派到鞍
山钢铁公司俄文学校集中学习俄文，准备赴苏
联实习。后来由于当时鞍钢"三大工程"之一
的大型轧钢厂开工在即，需要一批技术人员，
我又被调到大型轧钢厂工作，任务是向当时在
厂的苏联专家学习先进经验，逐步掌握大型轧
钢厂的生产技术和管理工作。

在当时，和李元辉、张乃平一样的青年人很多，上
至鞍山市委书记韩天石，下至普通工人大都是在这一时
期来到鞍钢的。

当时在"全国支援鞍钢"的口号下，至 1952 年末，
全国 48 个城市、70 多个单位和 76 个大中专院校，先后
为鞍钢建设输送了 7446 名干部和大中专毕业生。

到 1953 年 8 月，鞍钢基建系统已调入干部达 5285
人，其中行政干部 338 人，工程技术人员 1954 人，党群
干部 323 人。工地技术工人已达到 1.7178 万人，两年共
增 1.1624 万人。

其中，由中央所属企业调入 338 人，东北地区调入
393 人，由关内各城市招聘 9216 人。再加上招收的临时
工和普通工，鞍钢"三大工程"的基建施工队伍达到 5
万余人。

据后来担任鞍钢副经理的王玉清回忆说：

> 在此之前，我在大连工作。调动工作的时候，李富春同志找我谈了话，让我到鞍钢抓基本建设。当时我很担心，怕干不好，因为我不懂工业，更不懂基本建设。富春同志说："不懂的东西可以学习。"到东北人民政府工业部报到时，工业部部长王鹤寿同志对我说："既然富春同志让你去鞍钢。还是按他的意见办。去了以后遇到困难，部里会支持你。"这样，我就到了鞍钢。

在支援"三大工程"建设的大军中，也包括广大农民，成千上万的基层农村干部和木工、瓦工、石工、力工以及农村青年中的共产党员、共青团员，他们都纷纷来到鞍钢报名当工人。

这些来自农业战线的新型工人，开始时他们虽然对工业建设较为陌生，但经过一段时间的培训和实际锻炼，他们都熟练地掌握了本岗位的专业技能，许多人还担任了工地的班长、组长或基层行政、技术管理干部，成了优秀的技术工人和干部。

青年工人贾吉庆，家住鸭绿江边一个农村，是一个不到 20 岁的青年农民，他到鞍钢建设工地一年多的时间，已锻炼成为一个熟练的挖土司机。

艰苦奋斗

　　为了支援鞍钢基本建设，全国各地许多兄弟企业，如马鞍山钢铁厂、太原钢铁厂、长春建设局、大连造船厂、抚顺火电公司、本溪钢铁公司、抚顺三〇一厂及鞍山市地方企业等单位，选派了近千名优秀技术工人前来支援鞍钢。

　　这些基建职工来自祖国的四面八方，有的来自南方的广州和海南岛，有的来自黑龙江畔，有的来自内蒙古草原，还有的来自祖国东南的浙江、福建等省，也有的来自祖国西北边疆的新疆、青海等地。

　　这些干部、技术员和工人的迅速集结，从组织上有力地保证了鞍钢"三大工程"建设的顺利进行。

建设者艰苦奋斗赶进度

1952 年下半年，"三大工程"是我国第一个钢铁基地伟大建设的开端，是我国社会主义工业化的奠基工程，也是全体鞍钢建设者引以为自豪的浩大工程。

从此时起，鞍钢进入了新的历史时期，大规模基本建设开始了。

在当时，鞍钢建设者是那个时代的光荣称号。他们以主人翁的责任感、忘我的劳动热情、迎战困难的英勇精神和钻研技术的顽强毅力，胜利地完成了"三大工程"建设和全部鞍钢的基本建设，赢得了高速度、高质量，培养了一支掌握现代先进技术的又红又专的建设大军，达到了"出钢材，出人才"的目的。

在那轰轰烈烈建设鞍钢的日日夜夜，鞍钢建设者的忘我劳动精神，可谓感天动地。

在建设七号高炉时，鞍钢工地流传着"难忘的九月"和"可纪念的七昼夜"的故事。

9 月，红旗竞赛热火朝天，建设者提出：

超额完成国家计划，迎接国庆节，向毛主席献礼。

其中，安装高炉的工程更为壮观，工人们创造了立体交叉平行流水作业法，工程 36 米高，架工们搭起 8 层架子，多工种的工人在 8 层架子上同时进行 8 种作业，真是"里外三层，上下八段"。

当时，工序紧密衔接，上道工序不能按时完成作业计划，下道工序便要停工。

于是，工地建设者们便你追我赶，奋勇拼搏。

一个担负安装管子的组长，看到别的组 8 小时装 21 根管子，自己组才装 12 根，便蹲在炉子里哭了。为此，这个组重新调整劳动组织，拼命加强技巧，终于提高到 8 小时装 42 根，创造了新纪录。

在 9 月，全工地超额 13.8% 完成计划，工期提前了 3 天至 15 天，为高炉提前竣工打下了基础。

这就是后来在鞍钢广为流传的"难忘的九月"，这个故事曾经鼓舞了一代又一代的鞍钢人。

1953 年春节期间，鞍钢领导临时决定利用生产空隙，突击改建瓦斯管道。

在当时，本来工人都准备回家过春节了，一听到突击任务后，他们纷纷表示："年可以不过，国家任务不能不完成。"

有的工人为了尽快投入到改建任务中来，他们在接到任务后的当天下午，就纷纷把自己买的要带回家的年货通过邮寄或让别人帮带回家。有些工人更是干脆直接把年货送人。

而这批留下来的工人中，有很多都是多年没有回过家了，老架工徐日俭便是其中之一。

当时的徐日俭已经是 24 年没有回过家了，他弟弟在朝鲜前线负伤回来很想见他，徐日俭也很想回家看看负伤的弟弟。但听到任务后，徐日俭还是毫不犹豫地决定留下来。

徐日俭着急地说："光我一个人走不要紧，大家都走，活谁干呢？"

于是，突击改建瓦斯管道的奋战开始了。

突击队员们在零下 10 度的严冬天气下，架工打头阵，把重达 10 吨的一节节大管子吊上了天，铆工站在高空管子上接缝，焊工爬到上面进行焊接，有的竟钻到管子里躺着焊。

试验管道压力时，工人和工程技术人员爬上管道，用肥皂沫、点蜡烛、点绳头等各种办法找焊缝的毛病，保证了试压的一次合格。

整整七天七夜，工人是三班倒，干部是昼夜不眠，最多也就是躺在板凳上打个瞌睡。

铆工班长苏孟兰，连续五天五夜不眠，在领导命令下才回家，但是，他只换双鞋子又跑回来了。

苏孟兰的孩子问他："爸爸你为什么不回家过年？"

苏孟兰说："哪是家，高炉就是家。你瞧着吧，高炉一冒烟，我就回来。"

与七号高炉工地上"难忘的九月"和"可纪念的七

艰苦奋斗

昼夜"相同，在大型轧钢厂工地上，被称为"荣军队"的第九工程小队的英雄事迹，也是感人肺腑的。

这个工程小队是由荣军组成的，队长马洪金，在鞍山打国民党军队时，腿被子弹打断，医生说不能回部队了，他便参加了鞍钢建设。与队长相似，这支"荣军队"的每个人都有自己的光荣战斗经历。

然而，在建设之初，他们对工程却是什么也不懂，但这并没有难住英雄好汉们，他们表示："过去在战争中流血，现在在建设祖国的时候，应该更不含糊，叫干什么就干什么。"

在当时，领导把铁渣坑工程任务交给这个小队。这个铁渣坑工程要用"开口沉箱法"施工，技术难度较大，他们勇敢地承担了，头一天打混凝土没有完成计划，质量更没有把握，急得队长和队员们睡不着觉，心想："如果打坏了，还得用炸药炸掉重干，怎么办呢？"

于是，"荣军队"动起了脑子，终于找到了窍门，改变了施工方法，浇灌速度大大加快了。原来五分钟浇灌一车，现在缩短到两分半。

为了确保质量，一个叫邱治国的工人甚至躺在混凝土里，用两只脚把水泥挤进细小的孔隙里。

铁渣坑工程要开模板的时候，大家的心"突突"地跳，担心啊！

最后，苏联专家伸出大拇指称赞说："质量百分之百。"

"荣军队"队员们的心终于放下来了，因为他们没有愧对"荣军队"这个光荣称号。

在鞍钢"三大工程"相继开工后，鞍钢建设者还开展了抢工期的运动。

在抢工期过程中，各个战线的工人无不加班加点，废寝忘食，唯恐建厂计划被自己部门拉了后腿。

在这个艰苦奋斗的过程中，鞍钢涌现了一大批劳动模范，孟泰就是其中之一。

1898 年，孟泰出生在河北省丰润县一个贫农家庭。29 岁到鞍钢炼铁厂当了配管工人，后来又随解放军离开鞍钢。

鞍钢解放后，孟泰带领全家，跟随解放军，从通化铁厂回到了鞍钢。

一到鞍钢，他顾不得把自己的家安顿好，就往工厂里跑。当他看到高炉被破坏得千疮百孔的时候，就决心分担国家的困难，默默无声地工作起来。

他不管白天黑夜，刮风下雨，跑遍了十里厂区，刨冰雪，抠配件，扒废料堆，找材料，手碰破了不喊疼，脚冻坏了不叫苦。孟泰每天泥一把，油一身，汗一脸，拣了成千上万个零件，建起了闻名全国的"孟泰仓库"。

起初他这样做有些人并不理解，奚落他是捡破烂的。冷嘲热讽丝毫没有动摇他，他坚持到处拣废旧材料，终于带动了大家。

炼铁厂配管班工人在他的带领下，短短几个月内，就回收了上千种材料和上万个零配件。

这些零配件当时根本买不到，而要修复高炉没有它们就修不成。

就在这年的 7 月，炼铁厂开工修第一座高炉二号高炉时，缺三通水门。"孟泰仓库"里有各种型号的三通水门 1300 个。幸好有"孟泰仓库"给解决了问题，在"孟泰仓库"里，任你挑，缺什么零件，它就有什么零件。

就这样，"孟泰仓库"立了大功。

后来在修复一、三号高炉时，所有管道系统的零件都是由"孟泰仓库"提供的，没有花国家一分钱。

在鞍钢建设过程中，抗美援朝还在继续，美帝国主义的飞机还经常骚扰鞍钢。

这时，孟泰考虑的不是个人的安危。他让老婆孩子下了乡，自己扛着行李，拎着米袋进了工厂，自愿承担起守护高炉的任务，决心与高炉共存亡。

每当空袭警报响起的时候，孟泰就把铁钳装进口袋里，抓起一根早就准备好了的铁管子，爬上高炉的平台，站在两座高炉中间，紧紧地盯着总水门。他告诉工人们，总水门是高炉的心脏，如果敌机扔炸弹，我死也要用身体护住它。如果有特务上来破坏，先一管子结束了他！

当拉紧急警报时，工人们按规定都下了防空洞去躲避，孟泰却仍然站在高炉旁，仰面向天，搜索敌机的影子。

孟泰这种舍生忘死、誓与高炉共存亡的精神，表现了工人阶级高度的主人翁精神和大无畏的英雄气概。

通过艰苦奋斗，孟泰为恢复我国最大的钢铁基地鞍钢的生产，作出了突出贡献。孟泰的艰苦奋斗、勤俭节约、公而忘私、爱厂如家、不怕苦不怕死的精神，被称为"孟泰精神"，誉满全国。

后来，孟泰成为我国著名的劳动模范和中国工人阶级的优秀代表，受到毛泽东的亲切接见。

榜样的力量是无穷的，一个孟泰在前，千万个英雄模范紧紧相随。

1952年11月22日，一位叫单长巨的年轻炉长，带领全炉职工，创造出了用6小时9分的时间就炼出一炉优质钢的世界纪录。

取得这一成就后，单长巨与全厂职工满怀激情地写信给党中央和毛泽东，向他们报告这一喜讯。

听到单长巨等工人们艰苦奋斗的事迹后，毛泽东非常高兴，他给工人复信说：

祝贺你们在平炉炼钢生产上所取得的成就。你们以高度的热情和创造精神，在苏联专家的帮助下，创造了超过资本主义各国水平的炼钢时间和炉底面积利用系数的新纪录。这不仅是你们的光荣，而且是我国工业化道路上的一件大事……

艰苦奋斗

在鞍钢建设中，还有很多劳动模范，其中一个叫詹建功。

在工作中，詹建功每天早早到厂，从未休过节假日。当时，炼铁高炉工人操作水平较低，于是哪里有活，他就到哪里帮忙。

遇到高炉出现问题时，詹建功更是不分白天黑夜地在高炉上，随时准备解决各种问题。

有一次，高炉出铁水口已经打开，但下面没有铁罐，幸好詹建功及时发现了，才避免了铁水流到地上的重大事故。

除此之外，鞍钢还有李恩发、雷天壮、黄文篇……正是这批劳动模范的带头示范作用，才激发了鞍钢工人的建设热情，才促进了"三大工程"的顺利完工。

张明山进行革新增效

1952 年，鞍钢建设者张明山到北京参加国庆观礼，在怀仁堂的宴会上，他受到了毛泽东等国家领导人的接见。

张明山原是辽宁省鞍钢小型轧钢厂的工人。他是鞍山市人，16 岁时在鞍山机械修理厂当徒工，18 岁在小型轧钢厂备品班当钳工。

日本投降后，国民党接收了鞍山，张明山不堪忍受欺压，回家打铁。

鞍山解放后，张明山兴冲冲地回到了离开多年的小型轧钢厂。

小型轧钢厂，是生产小型钢材的工厂。这个工厂的第一车间是制造钢筋和钢条的。轧制钢筋和钢条，将快烧的钢材送进毛轧机里轧细，再由光轧机再轧，这样越轧越细，直至成材。

钢条在反复轧制过程中，往来要经过几道孔。在第一道孔与第二道孔之间，有个装置叫围盘，是当时世界各国光轧机普遍使用的。

然而在当时，把被烧红的钢条由第二道孔里钻出来，绕一个圈子再钻进第三道孔的时候，却还是一个难题。因为钢条由第一道孔里出来可以平平顺顺地进入第二道孔，而进入第三道孔的时候，则必须将扁圆形的钢条马上扭转一个角度，改变成侧立的形式，让光轧机再压延，才能形成圆形的钢条。

要让飞奔出来的火红的钢条自动地扭转一个角度侧立起来，这是很不容易做到的。

在过去，日本人也为此动过脑筋，研究了两年，想在第二道孔和第三道孔之间安装上一个反围盘的装置，但没有成功。美、英、法、德等国家的工程师们，也绞尽脑汁，都失败了。

于是，不能使用反围盘，只得由工人用人工来做，这样既危险又辛苦。钢条从光轧机里钻出来时，像火蛇一般，满地乱窜，要是躲闪不及，常常被烫死烫伤。

当时流传着这样一首打油诗："小型厂，阎王殿，挣密活，要命换。"

张明山当时虽然不是压延班的工人，可是他见压延班的工人同火蛇搏斗，经常累得筋疲力竭，还常常被烫伤，心里十分难过。

此时，张明山想起当初日本霸占工厂的时候，他曾亲眼看见日本人要安装一个反围盘的装置，但没有成功。那时候，张明山是钳工，只是在旁边看。

想起这件事以后，张明山就带着备品班的几个工人，一起到薄板厂北边旧废铁堆里，将日本人丢下的那个反围盘找出来，修理了一下，就去找压延班的班长，要求试验一下。

然而，试验了 10 多根钢条，也没有成功。不过，张明山却发现了问题。他观察到，钢条钻不进反围盘，是因为反围盘的外槽太高，围盘上的嘴子也有问题，由于当时正处在创造新纪录时期，工人们怕试验不成影响了生产，所以就没再搞下去。

　　不久，工厂里开展了劳动竞赛，厂领导号召工人群众提合理化建议。

　　此时，张明山又鼓起勇气，提出了继续试验反围盘的计划，并请人代笔写了一份建议书，交给领导。

　　建议书送出不久，一位工程师拿着他的建议书来找张明山说："反围盘是不会成功的。日本人搞了 20 年没成功，外国的书上也没有看见过。"

　　张明山迎头碰了一个钉子，心里很不是滋味。不过他没有灰心，他对那位工程师说："我们共产党把日本赶走了，把国民党打垮了，这些事，英国、美国的书上也不会有吧？他们不成，就不准咱们成吗？铁杆也能磨成绣花针，共产党员是不在困难面前低头的。"

　　从此，张明山一有时间，就研究反围盘。晚上回到家里，用老婆做鞋用的袼褙剪成各种模型，继续研究着。然而，还是没能研究成功。

　　在工厂开展增产节约竞赛时，张明山再次提出试验反围盘的建议，他的建议又落到那位工程师的手里，因而再次遭到否决。

　　从这次被否决以后，张明山就独自一人，在暗中偷偷地继续研究。

当时，离张明山的家一公里多远的地方有一条小河沟，每天下班后，张明山就去那里用泥巴塑造各种模型，一次又一次试验，失败了就再重来。

那时正是初秋，河沟里的蚊子很多，常常咬他，很快张明山两条腿就被叮肿了，他连走路都很困难。然而，这些都没有阻挡住张明山的试验。

直到小河沟里结了冰，张明山才离开了这块"试验场"。

第二年的夏天，张明山又回到了小河沟"试验场"继续搞试验。渴了就喝几口河沟里的水，困了就躺在草地上睡一会儿，常常一连几夜不回家。

当时张明山的爱人不知道他在外面搞的啥名堂，常常生气。

一天夜里，她见张明山跑回家，一句话不说，找了一个铁桶，拿起就走，她抱着孩子在后面紧紧追赶，结果还是没有追上。

原来，一天工余，张明山去看光轧机，忽然发现毛轧机通光轧机的跑槽上有两个挡板，扁形的钢条从毛轧机那儿顺着跑槽过来，碰在那两块挡板后，便自动地侧立起来了。

这一偶然的发现，使张明山极为振奋。他的心里霍然敞亮了。

那天晚上跑回家找铁桶，为的就是将铁桶剪成挡板，要安在反围盘的模型上去试验。

1952 年 5 月，中共鞍山市委号召全市工人开展增产节约运动，小型轧钢厂的任务急剧增加，所有的矛盾都集中在压延班的光轧机上了。

在这种形势下，张明山第三次提出试验反围盘。这一次终于得到了工厂领导和技术人员的支持。

到了这一年的 9 月，反围盘终于被一个没有文化的普通工人制造成功了。

这一巨大的胜利，轰动了全国，乃至全世界。苏联专家说："这个创造是有世界地位的，应当受到世界人民的重视。"

反围盘创造成功以后，中共鞍山市委市政府、鞍钢公司和鞍山市总工会立即召开了表彰大会，表彰张明山的功绩。鞍山市总工会授予张明山"市特等劳动模范"称号。

不久，张明山等人又来到北京，受到毛泽东的接见。

在张明山首创精神的鼓舞下，鞍山市涌现出了一批又一批的技术革新积极分子，从而大大提高了"三大工程"的进程。

艰苦奋斗

鞍钢积极开展各种创新

1952 年下半年，"三大工程"开工。

按照中央的设想，力争 1953 年完工，这不仅对于毫无经验的中国，就是对于西方发达国家，这个速度也是很有挑战性的。

科学技术是加速"三大工程"建设进度的推动力量，也是提高施工质量的根本保证。而通过对先进科学技术知识的学习、推广和应用，也进一步提高了广大干部职工的科技意识和技术创新能力。

在"三大工程"建设过程中，鞍钢建设者积极实施科技先导，狠抓对先进技术的消化吸收，注意科技人才的培养，努力创造和制定鼓励科技创新和技术发明的措施与外部条件，在高度重视苏联专家建议的基础上，联系施工实际，发动广大职工大搞技术革命和技术革新，充分发挥施工人员的积极性和创造性。

于是，在鞍钢领导集体的正确引导下，鞍钢涌现了大批先进班组、先进人物和新办法、新经验，为"三大工程"的提前竣工打下了坚实的基础。

特别是张明山等人完成技术创新的成就更是鼓舞了鞍钢工人的创新热情。

"三大工程"建设期间，正是鞍钢技术革命、技术革

新运动蓬勃开展的时期，王崇伦创造的"万能工具胎"等科技成果轰动了全国，王崇伦后来还成了全国著名的劳动模范。

从此，他的名字便家喻户晓了。

王崇伦是辽宁省辽阳县人，1927 年出生在一个工人家庭。解放前曾在铁厂做过工。

解放后，王崇伦又重新回到工厂，在鞍钢机修总厂青年工具车间当了刨床工人。

王崇伦勤奋好学，勇于钻研，对技术革新非常感兴趣。1951 年至 1953 年，他先后改进 8 种工具，提高功效 6 至 7 倍。

1953 年，我国开始了第一个五年计划，王崇伦所在的工厂开始制造卡动器。

卡动器是凿岩机上的零件，当时我国还不会制造，只能花外汇进口。

卡动器一上马，车间机械设备不平衡的问题就暴露出来了。这种零件需用车床车完后，再用插床插，插一个需要两个半小时，而车间里又只有一台插床，其他铣床、磨床、刨床的工人只能干瞪眼，干不了。

这样就严重影响了生产进度，造成大批半成品积压。

高度的工作责任心使王崇伦坐卧不安。这时，他已经创造过 7 种新工具，这次王崇伦下决心要创造出一种效率高、能使刨床代替插床的工具胎。

经过 10 多个昼夜的努力，王崇伦终于画出了草图。

在领导、技术人员和工人群众的支持和帮助下，一个由40多个零件组成的新式工具胎创造出来了。它不仅能使刨床代替插床工作，还大大提高了效率。

这就是闻名全国的"万能工具胎"。王崇伦用这种工具胎，在1953年一年就完成了4年的工作量，被誉为"走在时间前面的人"。

这一年，王崇伦被评为鞍山市特等劳动模范，1956年和1959年，他又两次被授予"全国先进生产者"的称号。

不久，张明山同王崇伦、黄荣昌等劳动模范共同发起了在全国广泛开展技术革新运动的倡议，得到全国亿万职工的热烈响应。

"万能工具胎"和"张明山反围盘"的创造成功，极大地推动了工人群众技术革新的热潮，"和时间赛跑"成为当时全国工人群众行动的口号。

《人民日报》在"鞍钢技术革新展览会"于北京劳动人民文化宫开幕的当天，发表了《为了国家工业化，开展技术革新运动》的社论，高度评价鞍钢工人的创举，全国总工会作出了《在全国范围内开展技术革新运动》的6项决定，把鞍钢的种子撒向全国。

在"三大工程"建设工地，技术革新运动更是如火如荼。

在大型厂施工过程中，时任鞍钢炼钢工程公司钢筋木模队小队长的黄德茂，充分发挥共产党员的先锋模范作用和主人翁的责任感，积极依靠职工群众，认真学习消化吸收苏联专家的先进技术，千方百计改进操作工艺和方法，终于创造出钢筋流水作业法，并改建了 14 种施工工具。

在组内实行计件工资，将职工的收入与国家利益结合起来，不仅确保了施工质量，而且大幅度提高了工作效率，降低了原料成本，使钢筋加工由手工生产迈向工厂化，为进一步实现机械化、自动化创造了有利条件。

被誉为"爆破大王"的周相臣是轧钢工程公司三工段副主任。

在无缝钢管厂施工中，为了解决在爆破和拆除将近一万立方米的旧混凝土基础过程中，旧厂房结构的安全不受影响这一难题，周相臣根据苏联当时爆破煤田的方法，苦心钻研，大胆创新，经过反复试验，终于发明创造出空隙间"断爆破法"、"龟裂爆破法"、"托柱换基小龟裂爆破法"及"冻硬爆破法"等多种爆破方法，提高了 20 多倍的工作效率，不仅为国家节约了大量资金，也大大缩短了施工时间。

在鞍钢进行的技术改造中，宋学文立了大功。当时宋学文负责对陈旧落后的关键设备进行技术改造。在改造中，宋学文积极进行技术革新，使 25 万千瓦调相机顺利试制成功，又使电网功率提高了 50%。

同时，宋学文对冶金用起重电机的试制、高速电机以及很多大型电机的增容等都取得了成功。由于宋学文

艰苦奋斗

的技术高超，被人们称为"电机华佗"。

鞍山市特等劳动模范王进忠，是鞍钢轧钢建筑工程公司第一工段副主任，中共党员。1952年在无缝厂建设施工中，他带领全队职工认真学习先进技术，大力开展技术革新，从而创造了"混凝土浇灌大流水作业法"，为"三大工程"建设作出了巨大贡献，光荣地参加了北京国庆观礼，受到毛泽东接见。

鞍钢的技术创新风潮，提高了工作效率，调动了工人的劳动积极性，为"三大工程"的提前竣工，提供了有力保障。

鞍山工地建立责任制

1953 年 5 月，国营鞍山钢铁公司基本建设部门开展了反浪费、反无人负责和建立责任制运动。

运动开始后，公司的领导方面向各单位发出指示，要求各单位通过讨论当年的基本建设计划或竣工计划，建立起责任制度。

经过一个多月的努力，鞍山钢铁公司各基本建设部门大多数都建立了责任制。

责任制建立后，建设者认真揭发了工作中的浪费和无人负责现象，并把当前能够解决的问题作了初步解决。

如大型轧钢厂工地揭发出浪费和无人负责的问题共 2.2 万件，很快就解决了一万多件。

责任制的建立，使事事有人负责，发生了问题能够找到原因。同时各单位也通过典型事例进行教育，使广大职工进一步认识自己的工作对实现国家工业化的意义，认识到国家利益和个人利益是一致的，从而树立起做到"好、快、省"和安全，全面地完成国家任务的观念。

鞍山钢铁公司基本建设部门开展的反浪费、反无人负责和建立责任制运动，给各个工地带来了新的气象。

运动过后，各工地的黑板报上、扩音器里，每天都在传播着职工们加强责任观念的事例。

艰苦奋斗

　　有几次傍晚或半夜里突然下雨，大型轧钢厂工地的工人金承星和职员张永林等，冒雨从宿舍赶到工地，把刚浇灌好的基础和积存在工地的材料全部盖好，保证了工程质量，避免了材料被雨淋的损失。

　　金属结构工程公司材料科过去作计划时，有的职员不经上级批准，不问工程需要，就随便在计划内多增购100多吨钢材。

　　运动过后，他们作计划时，对各个单位报来的材料供应计划都经过仔细审查。

　　有一次，某工程队要领200个锤把，材料科的职员赵义看到他们的计划太大，就主动到现场调查，结果只发给他们50把锤把就够用了。

　　正在建筑大型轧钢厂厂房架的一个电焊班，在工程非常紧急的时候，因缺少4个瓦斯罐而停工待料。面对困难，该班工人积极设法利用废品做成了瓦斯罐，保证了工程进度。

　　通过这次运动的教育，各个工地的工人们爱护国家财产的观念也大大加强了。

　　大型轧钢厂工地钢筋木模队的工人们，自运动开展以来，从工地上捡回来的钉子、钢筋等材料，就值旧人民币6亿多元。

　　排水队的工人们，从工地上收回了两吨半铁管子，并把散弃在工地上被风吹雨淋的20台坏水泵也搜集到一起修理好了。

轧钢工程公司材料科在清点仓库时，把价值旧人民币35亿元的钢砖、花岗石等多余材料，和清点出来的约值旧人民币70多亿元的"黑材料"都上缴了。

金属结构工程公司从工地里也收回了900多吨好的或废的钢材和机件，其中有60台链式起重机经过修理就能使用。

为了收回这些财产，材料员赵义和几个工人曾在工地上住了22夜。

白天工地上的起重机都在紧张地吊运其他器材，赵义等人就利用晚上的时间，开着起重机来搜集散落在各处的钢材。

在运动中，由于各个工地执行了"边揭发、边改进"的方针，许多工作得到了改进，工作效率得到了提高。

大型轧钢厂工地混凝土队共600人，当年第一季度中每天要窝工200个。

在运动中，由于建立了责任制度，各工段向该队要工人的计划必须在24小时以前提出，以便该队审查计划，检查设备，配备人力。这样就基本上解决了严重的窝工现象。

与此同时，钢筋木模队建立了钢筋出入库、保管、编号等制度，使管理上的混乱和钢筋在工地"旅行"的现象消除了。

木工队也建立了包装、包卸、包取、包送和出入库制度，不仅消除了过去惊人的浪费现象，而且还加速了

艰苦奋斗

材料的周转。

木工队长改进了预制板的运输工作，使每辆汽车由每次运 15 块提高到 40 块，给国家节省大量的财富。

炼铁工程公司修建七号高炉热围风管和直管试压管的职工们，也改进了操作方法，使工作效率提高了 12 倍。

机械安装工程公司修配厂制造的建筑焦炉用的铁板，过去不合格的或作为废品的占 20%，此时全部消灭了废品。

大孤山钻探队千公尺钻机经过建立责任制运动，改进了操作方法，岩芯采取率从 3 月份的 49%，提高到了 93.45%。

因此，责任制给"三大工程"建设提供了勃勃生机。

苏联大力支援鞍钢建设

1950 年 4 月，中苏签订《1950 年中苏贸易协定鞍山钢铁公司设计合同》，委托苏联对鞍钢进行改扩建总体初步设计。

随后，苏联派出专家 26 人到鞍钢搜集资料，以后增至 42 人。

7 月，苏联又派来地质专家到鞍钢矿山考察。

1951 年 10 月和 11 月，苏联先后交给鞍钢技术设计书和施工图纸。

10 月，由苏联编制的《恢复和改造鞍钢总体规划初步设计书》共 120 卷交给鞍钢。

"三大工程"破土动工时，苏联派来大批专家进行指导，协助并亲自参加施工，最多的时候达 100 多人。

苏联专家对中国技术人员及职工和对自己的要求都非常严格，凡是不合格的要求必须返工。

当时一位老专家，在卫国战争中当过军官，又是技术专家，政治上比较成熟，为人和善。他对工作和下属人员的要求十分严格，在他的严格要求下，他所负责的工程人员没有发生任何不良事件。

苏联专家在华期间，对中国职工除去工作要求严格之外，在生活方面则是非常有礼貌的。

有一次，一名苏联青年来帮助开机试生产的工人，因对一位中方职工不礼貌，便被立即送回国了。

在工作中，苏联专家十分辛苦，常常是夜以继日地苦干，不回公寓吃饭，只是在工地上吃些简单食物。

1953年底，在大型轧钢厂准备开工生产的最紧张、最困难的时刻，一位苏联老专家来到这里。

这位老专家在莫斯科工作多年，有丰富的工具生产和管理经验，曾荣获列宁勋章。

到了大型轧钢厂后，老专家深入工地，他从不让别人来找他，他总是主动找上门来发现问题，并及时地解决问题。

老专家凭借自己多年的经验和认真负责的精神，但凡施工工地上有什么问题，他总是及早发现并及早解决。

老专家是帮助大型轧钢厂调整设备的，他白天指导调整，晚上回去还要写讲课提纲，他把自己积累的经验，结合大型轧钢厂的具体情况，全部传授给大家。

有一次，一台112单轴自动机加工时总是发出很响的噪音，而且由于噪音震动，导致零件尺寸和光洁度不能保证，废品很多。

老专家来到这台机床旁，经过仔细观察，他拿过扳手，把紧固样板刀的螺钉起出来，用砂轮机磨一下，马上就好了。

机床调整好了以后，老专家又对操作工详细讲解了其中原理，直到操作者完全弄懂，老专家才离开。

当时，在七号高炉还有一个苏联专家为了研究七号炉的一个技术难题，竟然把自己关在屋里埋头研究了7天，饿了就啃几口冷馒头，困了就趴在桌子上休息一会儿，醒了继续工作。

7天后，这个专家出屋来，顿时把大家都吓了一跳，蓬松的头发、长长的胡子、一脸憔悴。

面对大家奇怪的目光，这个专家毫不在意，他还高兴地说："熬了7天，拿出了这个设计方案，值！"

七号炉土建开始时，曾逢多雨季节，地下水位升高，施工受到很大影响。

面对此情况，这位专家身穿雨衣，在现场指导，提出挖深坑积水、布置排水，保证了基础工程的顺利施工。

在设备安装工作中，这位专家还及时指导制订设备安装进度表，督促各车间按进度表进行安装，及时发现问题、解决问题，确保了设备安装工作按计划完成。

这位专家在自己身体力行的同时，还经常深入第一线，检查专家们的工作，对他们提出具体要求。

在无缝钢管厂，也有一位苏联专家令建设者分外感动。

这位专家是一位动力专家，无缝钢管厂的很多焊接工作都是在他的指导下完成的。

当时，无缝钢管厂对焊接工作要求很高，焊接是个很细致的工作，有时一个接头就要做上十来个小时。

他从第一个终端接头开始，从早到晚一次次亲自做

艰苦奋斗

给大家看。一个动作一个动作地讲解，就连干活前要把手擦干净的细节也不放过。

为了搞好厂房采暖，这位专家从修改设计到安装调整，经常从清晨干到下午，连中午饭也顾不上吃。

他不仅工作严格要求，无私传授技术，还特别关心热炼铁规划组织编制，提出了培训的具体工作和培训方法。

同时，这位专家以他丰富的经验，帮助工程技术人员开展开工生产的各项技术准备工作，建立健全各项规章制度。

面对部分中国工人有浪费的习惯，这位专家非常重视建设中的节约问题，他针对施工用水量大，用汽车运水耗费很大等问题，就曾建议就地取材，设法利用地层水等措施。

在建立正常生产秩序方面，培训工作方面，安全生产方面，这个专家也提出很多好的建议。

正是在他的指导帮助下，无缝钢管厂才能够在短时间内完成了试生产调整任务，为全面开工生产奠定了基础。

直到回国前，在沈阳等待办理手续时，这位专家还在关心着无缝钢管厂的建设，并通过各种方式向中方提出了合理化建议。

苏联专家的勤奋敬业精神使中国职工非常感动和钦佩，因为中国人明白：人家苏联专家为外国人干活还那样卖力气苦干，中国人为自己干活不是更应该卖力苦干吗！

因此，中国的广大职工对苏联专家非常尊敬，对他们的工作和生活做了妥善和周密的安排。

在安全区内，鞍钢建设者为苏联专家建了公寓楼，还从哈尔滨市请来做俄菜西餐的厨师，并从哈尔滨购买餐饮原材料，开设小卖店供应日常生活用品、缝制服装等。

为了让苏联专家吃上新鲜蔬菜，鞍山市委还专门指定有关部门，保质保量地为苏联专家定时提供新鲜蔬菜。

为了保证苏联专家的生活方便，鞍钢领导集体还准备了足够使用的上下班汽车。

在下班之余，鞍山钢铁厂还安排了一些娱乐活动来丰富苏联专家的生活。

苏联帮助鞍钢建设和发展的另一个任务是为我们培训大批干部和职工。

1952 年 8 月，鞍钢派赴苏联学习的人员就有两批，一批是实习生 600 名，一批是干部和技术骨干 40 人，此后又相继派出一些人赴苏联学习。

这些赴苏联学习的人员，后来大都成为鞍钢各条战线上的骨干，成了鞍钢的中流砥柱。

在"三大工程"施工中，正是有了苏联专家的帮助，才使施工少走了不少弯路。在"三大工程"调试和投产运营中，有了苏联专家的帮助，才保证了调试和运营的顺利进行。可以说，鞍钢"三大工程"的成功，凝聚了很多苏联专家的心血。

后来，在鞍钢"三大工程"的开工庆典上，中共中央东北局第一副书记林枫曾说：

在鞍钢的恢复和建设工作中，苏联政府以整套的现代化的设备，供应了鞍钢建设的需要。没有这种帮助，我们要在短时期内建设这样的近代化企业是不可能的。苏联专家同志们以他们全部的智慧和力量，对鞍钢的恢复和建设作出了卓越的贡献。苏联专家的崇高的国际主义精神和优良的工作作风，永远是我们全体职工学习的榜样。

各级政府积极支持鞍钢

1952 年 9 月，金秋送爽，朱德一行来到鞍钢视察。

当时，"三大工程"中的无缝钢管厂和大型轧钢厂刚刚破土动工，在市委和鞍钢领导的陪同下，朱德兴致勃勃地视察了厂区，并接见了鞍钢著名劳动模范孟泰、武玉兰、宋学文、王进忠、黄德茂等人，同大家合影留念。

朱德勉励全体劳模："要更好地发挥骨干、桥梁和带头作用，在鞍钢生产建设方面作出更大的贡献。"

时值中秋佳节，朱德到鞍钢东山宾馆慰问了帮助鞍钢"三大工程"建设的苏联专家及其家属。

1953 年 9 月 23 日，朱德再次到鞍钢视察，他首先了解了"三大工程"的进展情况，勉励施工人员"加快进度，争取提前竣工，早日把鞍山建设成祖国的钢都"。

周恩来对鞍钢的恢复和"三大工程"的建设也倾注了大量心血，特别是在贯彻执行苏联援建鞍钢工程项目议定书的过程中，周恩来曾多次过问，并就苏方援建鞍钢的设备履约问题，亲自给苏联驻华大使尤金写信。

"一五"时期，党中央把鞍钢改扩建列为全国经济建设的"重中之重"。

东北局也将鞍钢列为"特定的工业部门"，给予特别重视与支持。为此，鞍山市也划为直辖市，由中央直接领导。

在"三大工程"建设期间，由于当时鞍钢尚未单独建立党委，鞍钢各项党务工作由鞍山市委直接负责，鞍钢的主要领导担任市委常委。

在中央"全国支援鞍钢"的号召下，各级党组织、各级人民政府把建设鞍钢"三大工程"作为共同任务，从人力、物力、设备加工制作等方面予以全力保证，国家重工业部，中共辽宁省委、省政府和鞍山市委、市政府更是把领导工作重点始终放在鞍钢上。

为了加快鞍山钢铁基地建设，中共鞍山市委书记亲自抓鞍钢的党建工作，并派专人深入施工第一线了解情况，调查研究，及时处理和解决"三大工程"建设中出现的各种实际问题，大张旗鼓地开展宣传教育，不断强化思想政治工作，充分发挥党组织的政治核心作用，保证和促进了"三大工程"建设的顺利实施。

思想政治工作是我党的优良传统和政治优势，也是鞍钢基本建设胜利完成的重要因素。

在"三大工程"建设过程中，中共鞍山市委、鞍钢基建党委始终把思想政治工作列入重要议事日程，切实加强和不断改进党对思想政治工作的领导，逐步形成和建立起了一个坚强有力的思想政治工作管理体制和运行机制。

同时，各级党委还注重充分发挥党组织的政治核心作用和共产党员的先锋模范作用，不断增强党的向心力和凝聚力，全心全意依靠工人阶级，使职工群众中蕴藏的丰富智慧和巨大的创造力真正发挥出来，并动用各种宣传教育的有效载体，开展生动活泼和具体形象的思想教育，不断增强思想政治工作的实效性，有力地推动了"三大工程"的顺利进展。

为了加强对鞍钢基本建设的领导，中共鞍山市委批准成立中共鞍钢基本建设系统委员会，并由中共鞍山市市委书记韩天石兼任基建党委书记，同时还成立鞍钢基建政治部。

鞍钢基建党委成立后，认真贯彻执行党的路线方针政策，大力加强党的思想理论建设、政治建设、组织建设和作风建设，带头发扬党的优良传统和艰苦奋斗精神，全心全意依靠职工群众，落实施工责任制，开展爱国主义劳动竞赛以及"百年大计，质量第一"教育，让广大党员干部和职工树立了正确的人生观、世界观。

建立党政工团齐抓共管的组织管理机制，紧紧围绕基本建设这个中心，充分发挥基层党支部的战斗堡垒作用，增强思想政治工作的针对性和完整性，特别是强化对新工人的入厂教育及工人阶级苦难史的教育，进行社会主义工业远景及工厂发展规划的教育，树立爱国主义、集体主义和爱岗敬业的观念，坚定搞好"三大工程"的信心。

鞍山市委市政府和鞍钢公司还特别关注鞍钢建设者的生活。

为此，他们从多方面设法改善和满足职工生活上的需求，市里增加供应蔬菜瓜果、畜产品等，公司还建立了农场，在大连购买了捕鱼船，加上全国各地的支援，吃穿基本上满足了建设者的需要。

鞍山市委市政府和鞍钢公司还十分关注建设者的住房问题。鞍钢公司在四处投资建设职工住宅。

为了丰富建设者的业余生活，公司还建立了俱乐部，扩大了公园以及文化娱乐、体育设施；组织鞍山市京剧团、文工团演出等；建立幼儿园、中小学、专科院校、大型的较完善的医院及门诊部等等。

同时，鞍钢各级党委还大张旗鼓地树立先进典型，组织各种类型的劳动竞赛，以调动广大施工职工的生产积极性。

1952年8月，鞍山市政府、鞍钢公司和鞍山市总工会联合召开大会，授予张明山"鞍山市特等劳动模范"称号，全国总工会还专门来函祝贺。

1953年10月，鞍山市委市政府、鞍钢公司、市总工会、市青年团联合召开推广王崇伦先进思想、先进经验大会。

同年12月，重工业部提名鞍钢王进忠等63人为建设"三大工程"劳动模范。并多次对多名先进模范人物进行表彰，还安排他们到全国各地参观访问，出席全国性的会议。

在组织工作中，鞍山市委市政府还尽量让工程师、劳动模范成为鞍山市代表，并出席全国人民代表大会。

为了提高建设者素质，鞍山市委和公司规定，各厂、各班组必须在下班后，利用半小时到一小时时间组织干部职工学习，学习党的路线、方针、政策，学习当前形势，学习文化知识和劳动技能，学习市委和公司布置的工作以及解决班组内的问题等。

通过这些活动，鞍山建设者的素质普通得到提高，积极性也提高了，干劲也更足了，从而保障了"三大工程"提前竣工投产。

全国对鞍钢的物资支援

1952 年 8 月，为了尽快建设好祖国的第一个大型钢铁基地，全国各行各业都想鞍钢之所想，急鞍钢之所急，千方百计，克服重重困难，确保"三大工程"所需物资供应及设备加工订货任务的按期完成。

特别是承担"三大工程"建设所需特殊材料试制任务的各地厂家，不怕困难，不计成本，积极组织技术力量攻关，在短期内就试制成功了轻量玻璃、紧密阀门、耐火水泥、防爆灯等 145 种 1019 个规格的特殊材料。

在"三大工程"建设期间，全国各地各行各业先后为鞍钢提供各类建设材料 1.6 万多个品种规格。

鞍钢"三大工程"建设除一部分主要的机械设备由苏联引进外，其他还有大量的机械和电气设备等由国内各企业承造和配套，其中有各种规格的动力设备、起重机械、工具仪表、电动机、变压器、继电器、操作盘和配电箱等。

施工所需的这些物资材料，品种之多，数量之大，也是十分惊人的。

在全国各地供给鞍钢的这些材料中，有来自大、小兴安岭和赣江、湘江流域的两万多立方米的各种木材。

有关内外 67 个水泥厂供给的数万吨水泥，有大连和

沈阳供应的石棉，有重庆 101 钢铁厂供应的重轨，也有上海有线电厂和钢窗厂供应的大量电缆、电线和钢窗等。

全国各地对鞍钢基本建设支援的规模和热烈的情景，正如鞍山车站运输工人所说的："东西南北来人才，四面八方送物资。"

在当时，浙江省森林工业局为了完成支援鞍钢的 15 万根杉木脚手杆，在开化、衢县等 20 个县的党、政领导机关和农民的大力支持下，发动农民采伐杉木，按时完成了供应任务。

特别是浙江农民了解到采伐木材是为了支援鞍钢基本建设时，个个精神振奋，热情高涨，他们甚至不顾安危，踏进高山深谷，采伐优质木材。

还有不少农民兄弟，为了把成材集中起来，他们还穿过数百里的江河水道，把木材运到铁路沿线附近的储木场，保证了大批木材及时地装上火车运往鞍钢。

在当时，全国各族人民热爱鞍钢，向往鞍钢。全国各地承制"三大工程"所需设备的企业的广大职工，都为自己能在建设中尽一分力量，而感到无比光荣和自豪。

国内各企业承制的鞍钢设备，大部分必须按照苏联的设计标准制作，不仅要求精密度高，而且品种规格繁多，许多电气和机械设备又是国内企业从来没有做过的，技术难度很高，加之交货的日期又十分紧迫，要按期完成订货确实有很大困难。

但是，国内各厂家接到鞍钢订货后，不少企业的厂

艰苦奋斗

长和工程师都亲自到鞍钢联系索要图纸和实物样品，回厂后立即组织厂内工程技术人员和老工人等集体进行研究与开展技术攻关，许多企业克服了难以想象的困难，以确保按期完成试制任务。

当时沈阳重型机器厂、沈阳电工十四厂等 7 家企业，分别承制鞍钢大型轧钢厂、无缝钢管厂等建设工程所急需的大型瓦斯闸门、车床、剪床、摇臂钻床、泵、空气压缩机、送风机和电器开关等 30 多种设备。

接到订货任务后，许多厂都立即成立了专业小组和技术研究组，马上开展新产品的试制工作。为此，调度员加强了调度指挥工作，积极为研究部门解决工具、卡具不足的困难。

沈阳电工十四厂厂长还亲自到其他单位订货，及时解决胶木板和其他材料缺乏的问题。

沈阳重型机器厂在制造大型瓦斯闸门的闸板和闸壳的时候，遇到许多困难，因为这一产品要求完全密封，不准透气。

一开始，钳工三组的工人几次试验都未达到标准，但他们仍坚持高标准，他们说产品的质量好坏直接关系着鞍钢工人的安全，决不能在质量上出任何问题。

于是，钳工三组的工人们继续反复试验，终于取得圆满成功，并按时向鞍钢交货。

当时还有许多工厂在承制鞍钢订货时，都把"为鞍钢就是为全国"这一响亮的口号，作为动员职工克服困难和提高劳动效率的巨大动力。沈阳电工十四厂在赶制订货时，还在厂内特别出版了《鞍钢任务专刊》。

全厂各级领导干部都亲自深入车间第一线指导加工生产，许多车间不但计划并公布出每次半成品制造和交到下一工序的时间，并且还在每件产品上标明"鞍山"字样，每当这些产品到了车间，工人们总是抢着干，力争提前完成，做完后立即交出。

上海电线厂为支援鞍钢建设，发动职工试制成功国内尚未制造过的专用电缆。

当时，鞍钢在工程建设中需要一批 60 吨的翻斗车，这项订货找到大连工矿车辆厂后，厂内职工虽然知道制造翻斗车有许多困难，但他们仍然接受了订货，并在接受订货后立即成立了以厂长为首的试制委员会和试制办公室，有千余名职工参加了试制工作，决心按期做好支援鞍钢的任务。

在试制中车箱底出现了技术问题，这时，工人毕新民说："这是鞍钢的活，不管怎么困难也要想出办法。"

经过他反复钻研和试制，终于克服了困难，质量达到100%，工作效率提高了 4 倍。

第二车间平台画线小组的工人，在厂内定额下达后，开展了劳动竞赛，提出了"突破定额，支援鞍钢"的口号，结果全组成员都超额完成了任务。

鞍钢大型轧钢厂工程在沈阳第一机床厂定做了一台新型车床，这个车床能切削外经 6 米、长 3 米的加工物。

艰苦奋斗

加工这种长度物体的机床，沈阳第一机床厂没有制作过。但是，全厂职工响亮地提出了"为鞍钢，为祖国工业化多出力量"的口号，在制作中克服了一个又一个的实际困难。

在制作中，铸造车间的吊车最多只能吊 5 吨重的工作物，而这台机床的床身的砂型却有 10 多吨重，如果吊不起来就无法工作，这时陈喜芝小组接连召开了三四次技术研究会，研究出了分段扣箱法，最后解决了吊活的难题。

在加工过程中，用小龙门创去刨大床身也发生了困难，经过共产党员王绍武和大家共同研究办法，使困难也顺利得以解决，按时完成了大车床加工任务。

大连石棉厂为给鞍钢建设试制斯维利特板和水泥石棉板，为了给七号高炉提供优质保温耐火材料，全厂职工昼夜奋战，做出了最大的努力。

厂长徐俊杰和技术股长姜法篪曾亲自到鞍钢与苏联专家共同研究制造方法，姜法篪还到旅大市工业局及中国科学院等有关部门争取协作，使鞍钢急需的斯维利特板等终于试制成功，按期交货。

在鞍钢大型轧钢厂和无缝钢管厂工程建设过程中，金属结构工作量是非常巨大的。而正当这两大工程进入紧张的施工阶段后，鞍钢计划订购的电焊条已经不够使用，这时如果向国外继续订货已经来不及，国内又无处调拨，当时情况确实十分严重。

在此困难情况下，大连造船公司得知后，一次就供给鞍钢 140 吨电焊条，后续又借给 10 吨，缓解了鞍钢的燃眉之急。

但是，这 150 吨电焊条，仍然不能满足工程建设的需要。

恰在这时，哈尔滨工业器材公司刚从总公司申请到 4 吨电焊条，原本是打算供应哈尔滨各基建单位的，他们得知鞍钢急需电焊条的情况后，便立即决定全部支援给了鞍钢。

哈尔滨机车修理厂库存的电焊条虽然只有一吨，但他们知道鞍钢急需时，立即拿出了一半供给了鞍钢。

对于各单位的大力支援，鞍钢大型轧钢厂工地的一位电焊工人感动地说："这真是雪中送炭呀！"

1953 年国庆节前夕，上海灯泡厂在用国产钨丝制出第一只灯泡后，又相继试制成功了电热丝、双金属片、碳化钨拉丝模等。此时，沈阳电工十四厂听到上海灯泡厂试制双金属片成功的消息后，为了尽快完成鞍钢的订货，他们立即派人到上海灯泡厂联系配套。

上海灯泡厂王云广小组，听说是支援鞍钢的任务，在制作设备极不完备的情况下，他们连续工作，连吃饭的时间也不肯耽误，终于完成了制作任务。他们还高兴地说："只要是支援鞍钢，我们就有了劲头。"

最让鞍钢建设者难以忘记的是锦州电气厂积极承制鞍钢设备订货的情景，每当人们谈起，许多人都激动不已。

1953年8月15日，当一列火车停在鞍山车站时，从拥挤的车厢里走出来一个人，他背着一台小型变压器，一直向鞍钢设备处走去。

这个人就是锦州电气厂的一位车间指导员。原来在8月9日那天，鞍钢设备处给他们厂打了一个电话，说鞍钢无缝钢管厂工程需要一台小型变压器。

锦州电气厂的厂长接到求援电话后丝毫没有犹豫，立即答应下来，并马上组织工程技术人员和工人师傅连夜赶制，至8月13日，这台变压器就已制造完成。

当时有人提议用火车托运，但是职工们唯恐火车辗转耽误，影响鞍钢建设。

因此，最后他们决定厂内派专人亲自送到鞍钢，而且还要派负责可靠的干部。

于是，职工们就把这个任务委托给尊敬的车间指导员，最后，经厂长同意，这个车间指导员踏上了去鞍山的火车。

8月15日夜间，这台变压器按时送到了无缝钢管厂工地，当鞍钢设备处处长向这位运送变压器的指导员表示感谢时，这位指导员却严肃地说："要感谢的不是我们厂，而是党中央、毛主席，是党教导我们厂不惜一切力量来尽快地建设重工业，当我们厂里接到鞍钢订货时，大家都感到沾了你们的光彩！"

最后，锦州电气厂的这名车间指导员还要求鞍钢设备处的同志立即试验这台变压器，并一再表示如果不合要求，他就立刻报告厂长为鞍钢重新制作。

在当时，由于鞍钢"三大工程"建设的材料和设备订货量极其庞大，所以全国各地支援鞍钢的大批物资，经由火车、汽车，甚至大轱辘车，形成了一个川流不息的运输大军，夜以继日地向鞍钢运送。

国家铁道部和哈尔滨铁路管理局，为了保证及时把各地供应的设备材料送到鞍钢，曾向铁路系统专门下发了指令，要求各地铁路管理部门凡是向鞍钢运送的设备材料，一律优先调运。

此外，铁路系统还经常派人了解运送鞍钢设备和材料的情况，发现问题及时改进。

当无缝钢管厂和大型轧钢厂建设工程进入全面施工阶段的时候，为了保证运输，沈阳和旅大等地集中了数千辆汽车为鞍钢运送物资。

辽阳、营口和辽东等地也集中了数千辆大车，专门用来为鞍钢运送材料。

为了保证鞍钢建设顺利进行，中国人民解放军空军司令部特允许使用军用机场，将所需备件从湘潭空运到鞍钢。

在"三大工程"建设期间，全国有 57 个大中城市和 199 个工矿企业为鞍钢制造各种设备，提供生产建设用料，有力地支援了鞍钢的基本建设。

在当时物资还非常缺乏的情况下，全国各地除了提供原料、设备等生产资料外，在生活物资方面，各地也尽量满足鞍钢职工的需要。

当时，山东潍坊的一个小村庄，在村长张裕祥的带领下，在村里专门留出 150 亩菜地，种上白菜、萝卜等专门供应给鞍山钢铁厂，以满足鞍钢工人的吃菜问题。村民还形象地把这块地叫做"鞍钢园"。

全国上下的全力支持，有效地解决了鞍钢的各种难题，为鞍钢"三大工程"的提前竣工提供了强而有力保障。

全国人民支援鞍钢建设

1952 年，"三大工程"开工后，上至中央，下至地方，社会各界都十分关心新中国第一个钢铁基地的建设。

当时，有个很有意义的口号：

全国支援鞍钢，鞍钢支援全国。

没有全国的大力支援，鞍钢建设不可能胜利完成任务。令人特别感动的是全国人民对鞍钢建设者的关怀和鼓舞。

在"三大工程"建设期间，为了加快鞍钢"三大工程"建设，早日实现国家的社会主义工业化，全国各族人民除了在人力、物力方面全力支援鞍钢建设外，在技术力量上也给予了积极支持。

在鞍钢无缝钢管厂和大型轧钢厂工地开展立体平行交叉流水作业时，高空作业量很大，工地急需一批搭脚手架的架工，鞍钢就向南方有关单位求援。

但是，恰在这时，中南地区的架工大部分都到荆江分洪工程去修筑水闸了。

当时，衡阳铁路管理局系统的广州、桂林分局和车站的领导同志听到这种情况后，就亲自到各地为鞍钢动

艰苦奋斗

员架工。

结果只用了 20 天，中南地区就抽调和招募了 100 名架工，按时来到了无缝厂和大型厂建设工地，并立即参加了现场搭建脚手架的工作。

1952 年初冬，在大型轧钢厂和无缝钢管厂工程开始安装金属结构房架时，由于电焊工和铆工人数不足，工程进展缓慢。

哈尔滨铆焊工厂听到这一情况后，虽然当时他们厂也正在进行建设，但是他们仍然立即抽出近百名铆焊工支援鞍钢，使两厂的金属结构工程施工进度大大加快。

由于鞍钢无缝钢管厂和大型轧钢厂工程砌筑加热炉的施工量十分巨大，两厂筑炉砌砖量达 4016 吨，其中无缝钢管厂工程砌砖量为 1738 吨，大型轧钢厂工程砌砖量为 2278 吨。

面对这样巨大的筑炉工作量，鞍钢筑炉施工力量就显得严重不足，而工期又十分紧迫。

这时，河北省筑炉单位了解这一情况后，立即派施工队伍赶到大型轧钢厂和无缝钢管厂工地，并协助鞍钢迅速出色地完成了两厂的砌筑加热炉的施工任务。

在鞍钢建设进入关键阶段，鞍山地区文教部门，包括文工团、文化馆和学校，曾多次到现场进行慰问演出，用自己排练的节目，鼓舞职工们的劳动热情。

北京市第二十五中学高三丙班学生，从报纸上看到鞍钢大规模建设消息后，就把丙班改名为"鞍钢班"。

丙班学生还宣誓：

> 我们有决心、有信心锻炼成为"鞍钢式"的建设人才，保证在今后的各种斗争中，绝不玷污"鞍钢班"这一光荣称号。

广大的少先队员们给工人写慰问信、献花，在现场施工的师傅们非常感动，他们纷纷要求去承担最困难的任务，并一再表示："不好好干，真对不起孩子们。"

驰名全国的"塔山英雄团"全体指战员在给鞍钢建设者的信中讲道：

> 我们在南海边上，听到鞍山开始大规模基本建设的消息时，都兴奋地跳起来，歌唱和欢呼。
>
> 我们深深记得1948年那时国民党匪帮在美帝国主义援助下，连续7次抢劫和破坏了鞍山，我们配合兄弟部队，从敌人手中解放了它。我们走过了长满荒草的炼铁厂，抚摸着被破坏了的机器和被火烧的断壁残垣，心中充满了对敌人的仇恨，个个宣誓要消灭蒋匪帮，解放全中国。
>
> ……
>
> 我们虽遥隔万里，但我们的心会在一起，

艰苦奋斗

我们的奋斗目的是一致的。

当时在抗美援朝前线的中国人民志愿军，也非常关心鞍钢的建设，志愿军们纷纷给鞍钢职工写信，表示他们有信心保卫住祖国的建设，并希望在不同的岗位上，为着共同的目的开展爱国主义竞赛，为超额完成国家的生产计划，为保卫祖国的安全携手奋勇前进。

1953 年 8 月 22 日，中国人民志愿军国庆观礼代表团40 余人到鞍钢参观了"三大工程"建设工地，并向施工的职工作了报告，使大家深受鼓舞。

与此同时，全国农业战线的劳动模范也致信鞍钢工人阶级，表示要努力增产，"供足你们吃的、用的，支援你们生产出更多的好机器"。

这些朴实无华的心声，字字句句都鼓舞着战斗在钢铁第一线的鞍钢职工。

而战斗在武汉长江大桥工地和其他工业战线上的劳动模范和职工群众，也纷纷写信给无缝厂工地的职工。

在信中，他们表示也要像鞍钢工人一样，用行动加速建设祖国的工业化，更表明了他们欢欣鼓舞的心情。

正如武汉大桥工程局的同志们说的：

现在大型轧钢厂建设成功，使我国第一次能够用祖国自己生产的大型钢材，来修建我国第一座大桥了。

在全国各条战线写给鞍钢职工的信件中，北京钢铁工业学院轧钢科的同学写给大型轧钢厂职工的信，在《人民日报》刊登后，使厂职工深受鼓舞。

这群朝气蓬勃的学生，深情地说：

> 我们也是学轧钢的，我们都已经认识到轧钢在祖国的经济建设中占着很重要的地位，因而更加热爱我们所学的专业，并准备为祖国的轧钢事业贡献出自己的力量。

鞍钢"三大工程"建设之所以能够提前一年时间高速度高质量地胜利完成，主要是在党中央的正确领导下，在苏联专家的帮助下，经过鞍钢数万名基建职工艰苦创业，战胜种种困难而取得的。

而这一伟大胜利的获取，也是与全国各族人民和各省、市、自治区及各行各业的大力支援密不可分的。

这种巨大的物质和精神的力量，极大地鼓舞和激励着数万名鞍钢基建大军，去战胜施工中的艰难险阻，以工人阶级主人翁的高度责任感和伟大的创业精神，以最快的速度和最好的质量完成了工程建设。

正像鞍钢职工在答谢各兄弟工厂的信中所说的：

> 我们决不辜负全国人民的热望，我们只有

● 艰苦奋斗

用实际的行动来回答你们对我们的支援。

对于"全国支援鞍钢"这一伟大壮举，正如中央领导所强调指出的：

> 实现国家的社会主义工业化，这是全国人民的最高利益……因此，鞍山的无缝钢管厂、大型轧钢厂和第七号炼铁炉的开工，不但对于国家工业化有极大的重要性，对于巩固国防、发展农业和运输业以及对于整个人民生活的改善，也都有极大的重要性。这就是全国人民努力支援鞍山钢铁公司的建设和热烈祝贺鞍钢"三大工程"完成的原因。

在全国的大力支持下，鞍钢"三大工程"建设顺利进入高潮。

三、 建设高潮

- 人群中爆发出一片欢呼声："成功了，我们成功了，我国第一根无缝钢管轧制成功了！"

- 轧钢工长郭俊卿怀着兴奋而紧张的心情说："我们坚决保证轧好第一根钢材献给毛主席。"

- 成功地发明了"双手粘浆平行流水砌砖法"，为焦炉工程提前完工和保证优良的工程质量创造了条件。

无缝钢管厂率先竣工

1952 年 7 月，鞍钢"三大工程"之一的无缝钢管厂率先破土动工，从而拉开了"三大工程"建设的序幕。

鞍钢无缝钢管厂的前身，是 1933 年 9 月破土施工，1935 年 10 月建成的"满洲住友金属工业株式会社鞍山工场"，亦称"住友钢管厂"。

该厂主要生产热轧钢无缝钢管，最高年产量一万多吨。

1945 年 9 月 3 日，日本侵略者投降，工厂全部停工，设备也遭到严重破坏，整个"住友钢管厂"只剩下一座破烂不堪的空厂房。

1948 年 2 月 19 日，鞍山解放，中央人民政府工业部接管了鞍钢。

1950 年 4 月 19 日，与苏联签订了《关于鞍钢全面恢复与改造之设计协议书》。此后鞍钢"三大工程"无缝、大型、七号高炉建设工程被党中央、国务院纳入我国"第一个五年计划"的 156 个重点工程建设项目之中。

1950 年 3 月，鞍钢无缝钢管厂开始筹建，进行资料收集、勘察设计，利用原来的空厂房，采取"削足适履"、"托梁换柱"的办法进行重建，其设计能力为年产 6.14 万吨热轧无缝钢管。

钢管厂的全部设计由苏联列宁格勒设计院等单位负责,所有设备均由苏联成套供给。

在建设过程中,党和国家领导人对新中国第一座无缝钢管厂的建设非常关注和重视。

1953年5月,朱德来鞍钢无缝建设工地视察。

1953年9月,彭德怀、聂荣臻、郭沫若访问朝鲜民主主义人民共和国时,在回国途中,来鞍钢无缝钢管厂视察。

1953年10月,贺龙来鞍钢无缝钢管厂视察。

鞍钢无缝工程破土动工后,负责无缝工程建设的单位主要有轧钢工程公司、筑炉工程公司、管道工程公司、金属结构工程公司、电气安装公司和机械安装公司及10多个辅助单位。

工地指挥部主任是轧钢工程公司经理刘铁男,李少良任副主任,贾永昌任总工程师,贺穆章任工地党委书记。

在工程进行之时,工程建设的第一大难题改造旧厂房时,建设者通过"托梁换柱"的方法,妥善解决了难题。

原来,"托梁换柱"就是改造利用旧厂房,换掉原厂房的柱子和基础,抬高厂房,使其满足新设备的需要。

这在当时难度是很大的。要换掉原厂房的柱子和基础,必须先堆起枕木垛,上面横上工字梁,把几百吨的厂房钢架架起来,再炸掉原基础,重新浇灌新的基础。

每个基础深 8.5 米，长 6.2 米，宽 6 米。

有一次，当 11 号基础挖到 8 米时，由于没有及时顶上横木，桩子开始歪斜，枕木垛随时都有塌下去的危险，情况非常危急。

如果枕木垛真塌下来了，那么整个厂房就会毁于一旦。

在这千钧一发之际，共产党员王洪发、张玉贵等不顾个人安危，立即跳入积水很深的基础坑里，从晚 21 时一直干到次日上午 11 时，终于排除了险情，保住了厂房，使整个工程得以按计划顺利进行。

在"托梁换柱"拆除旧基础爆破时，建设者遇到了很大困难。如果采用一般的爆破方法，强烈的爆破震动和冲击将会损坏原有厂房的结构，甚至会震坏邻厂的设备。

"爆破大王"周相臣经过反复研究、探索，创造出"空隙间断龟裂爆破法"，应用该爆破方法仅用了 20 天就拆除了 20 多个旧基础。它不但解决了"托梁换柱"的重大难题，而且使无缝建设工程的工期缩短了 6 个月，为国家节约资金 15 万元。

"空隙间断龟裂爆破法"在当时是一件了不起的创举。

"托梁换柱"的使用，既节约原材料，也节约工程开支，还大大缩短建设工程时间。

在无缝建设过程中，李长春、王忠尚架工班创造

"快速流水作业法"，仅用了 25 个小时就完成了计划 96 小时的"托梁换基"工程任务，给国家节省人工 1400 个。

之后，其他参战单位陆续采用"快速流水作业法"，在 20 多项施工中都收到了很好的效果。

通过无缝建设，鞍钢摸索总结出基本建设的规律和管理经验，建立了特别重要的基层行政责任制工号责任制。

这种责任制按照工号责任制把专业队和施工工段统一起来，自上而下地把行政管理和技术管理统一起来，使基建进度"立竿见影"。

1952 年 8 月份以前，平均每月仅完成计划的 6%，实行新的责任制后，9 月份就完成 39%，而 10 月份仅用了 20 天就完成了全月计划。

为了提高工人水平，无缝钢管厂领导还未雨绸缪，积极组织实习培训。

1952 年 8 月，在工程紧张建设的时刻，无缝钢管厂的第一任厂长杨仿人委派副厂长寒力带领 40 名干部、工人骨干去苏联乌拉尔市斯维尔德诺斯克无缝钢管厂实习。

同时，厂领导还组织在鞍钢工地的干部工人学习，了解和掌握工程进度、设备构造、设备性能、生产工艺流程。

当时，鞍钢领导常常请苏联专家按照正常生产要求给工程技术人员和工人讲授技术规程和操作方法，为日后开工生产进行充分准备。

鞍钢无缝钢管厂从开工到建成投产，始终得到全国人民和全国各行各业的支援和帮助。

在"全国支援鞍钢、鞍钢支援全国"和"为鞍钢就是为全国"的号召下，人才、物资源源不断地从四面八方涌向鞍钢，会聚到鞍钢无缝钢管厂。

在施工期间，无缝钢管厂需要什么，各地就提供什么，并保证第一时间送到工地。

当时，无缝钢管厂需要切割机，而一时之间又无法从国外进口，施工人员非常着急。长春某机械厂知道情况后，就立即组织人员把自己厂里的 150 部切割机全部运送到无缝钢管厂工地。

在鞍钢无缝钢管厂的建设过程中，还始终得到苏联的无私援助和帮助。

在当时，苏联黑色冶金工业部列宁格勒设计院等单位承担了无缝厂的全部设计任务，并由苏联提供了全套设备，这为无缝钢管厂的顺利建设和开工都提供了有力保障。

而无缝钢管厂的设计者，更是以当时在世界上享有盛名的冶金权威、苏联亚速钢厂总工程师罗曼柯为代表的苏联专家们。罗曼柯等人为鞍钢无缝钢管厂的设计、施工建设、设备安装调试及组织正常生产不辞辛苦，积极工作，为建设鞍钢无缝钢管厂提供了无私帮助，为中苏友谊作出了积极贡献。

正是在中央的大力关怀下，在鞍钢建设者的艰苦奋斗下，在全国人民的大力支持下，在苏联专家的无私帮助下，无缝钢管厂工程进展十分迅速，并很快迎来了竣工的喜讯。

1953 年 9 月 15 日，鞍钢无缝钢管厂机组开始试车。

公司副经理刘克刚、赵北克、张益民带领无缝钢管厂工程验收委员会及下设的 13 个专业验收小组，对无缝工程和设备进行了严格的验收，无缝钢管厂厂长杨仿人等许多同志也参加了这一工作。

1953 年 10 月 20 日下午，在工人们按生产程序进行 4 天严格操作训练后，开始点火烘炉。

10 月 24 日，开始总体联动试车，经过连续三天无负荷运转，工程质量良好。

1953 年 10 月 27 日 14 时，鞍钢无缝钢管厂机组正式试轧热轧无缝钢管。

试轧现场一片紧张忙碌，调度室里，两台子母钟哒哒地响着，40 多部电话不停地传达着指令，变电所、主电室、油库、煤气的工人们眼睛紧紧盯着仪器仪表，加热工烧上了试轧的管坯，轧钢工调整好轧机，一切准备就绪……

无缝钢管厂的干部工人、鞍钢公司的领导、苏联专家都怀着激动、兴奋、焦急的心情等待着第一根管坯出炉，等待着新中国第一根无缝钢管的诞生。

14 时 20 分，当第一根火红的无缝钢管顺利轧制成功后，人群中爆发出一片欢呼声：

成功了，我们成功了，我国第一根无缝钢
管轧制成功了！

顿时，人群开始沸腾，欢呼雀跃，有的相互拥抱庆
贺，有的激动得流下了热泪，大家争相观看这饱含着中
苏友谊、饱含着全国人民支持、饱含着全体参战将士心
血与汗水的第一根无缝钢管。

为表达对党中央、毛泽东的敬意，无缝钢管厂从新
中国第一根无缝钢管上切下 0.2 米的一段，由鞍钢无缝
钢管厂第一钳工邵明祥同志在钢管上刻上"献给敬爱的
毛主席"字样，并派专人去北京送给毛泽东。

至此，经过 15 个月的艰苦奋战，无缝钢管厂工程提
前竣工。

大型轧钢厂顺利完工

1952 年 8 月 1 日，炎热的鞍钢工地分外热闹，这一天，鞍钢大型轧钢厂开始动工兴建。

鞍钢大型轧钢厂是我国第一座机械化、自动化的大型钢材轧制企业，设计能力为年产钢材 30 万吨，总投资一亿多元。主要生产重型钢轨、工字钢、乙型钢、钢管坯及拖拉机履带等各种大型钢材。

大型轧钢厂的前身是原昭和制钢所的第一压延课轨条工场，在抗日战争后期曾遭美国飞机轰炸，工场厂房已经坍塌，设备已破烂不堪，整个场地荒草丛生，一片废墟。

大型轧钢厂要在这样一个废旧的基础上建设，仅建设准备工作，包括爆破和清理旧基础和拆除旧的金属结构工作量就是十分艰巨的，其中仅拆除钢结构即达 4160 多吨，清除旧地基达 2 万吨。

由于大型厂建设工程规模十分宏大，工艺技术要求极为复杂，故整个建设工程施工任务非常艰巨。

大型轧钢厂的设计是仿照苏联塔吉尔钢铁厂轨梁车间建造的，技术设计与施工图设计全由苏联提供，主要生产机械设备由苏联引进。

在工程施工准备阶段，根据专家建议，成立了工地指挥部，编制了施工总平面图，相继建立了混凝土集中搅拌站和钢筋、模板、电缆管道、耐火砖等加工厂，为提高施工效率创造了条件。

为了加快工程施工进度，工地首先进行了基建施工队伍的集结和技术业务培训工作。

很快，工地施工人员由开工时的 3000 多人，迅速增加到两万多人，工程技术人员也增加到 87 人。

施工人员集中后，便先后对其开展了有计划有步骤地培训工作。

培训内容和方法，主要是政治教育与业务技术教育相结合，学与用相结合。

培训形式亦多种多样，有短期集中学习先进技术，请专家或工程技术人员讲课。也有现场实际操作示范，以及订立师徒合同等，使职工"边学边干，边干边学"，以提高工人的业务技能和劳动效率。

当时，工地是由 6 个施工单位联合施工，同时作业的有"多个工种"。为了统一组织，加强协作，平衡进度，工地在中共鞍山市委、鞍钢基建党委的直接领导下，于 1952 年 6 月建立了工地主任负责制，由土建工程公司经理计明达任工地主任，统一领导各施工单位。

同时，还建立健全了组织机构及会议汇报制度，规定每星期一为各施工单位定期会议时间，专门研究与解决工程施工中的问题。

在大型轧钢厂建厂初期，为了认真贯彻和落实党和国家关于经济建设要"好、快、省"的方针，鞍钢基建党委就明确提出"百年大计，质量第一"和"争取提前竣工"等口号，并作为基建施工的总目标和责任制考核标准的主要内容。

为了全面实现国家和上级党委提出的方针、目标，工地各级党组织在职工中切实加强了思想政治教育，以统一思想，稳定情绪，充分认识建厂工程对实现国家社会主义工业化，对巩固国防、促进国家经济繁荣和改善人民生活的重要性，从而在施工中进一步发挥出工人阶级的劳动热情和智慧。

在当时，由于新组建的施工队伍人员来自四面八方，思想情况比较复杂，生活习惯和技术水平也各不相同。特别是一些新工人大部分是从东北及关内各地农村招聘而来，对建设工程的重大意义及艰苦性认识不足，也缺乏正确的劳动态度，劳动纪律比较松弛。

在工程技术人员中，部分同志由于刚由各生产单位抽调或从学校分配到工地，对基建比较缺乏经验，因此存有某些怕负责任的思想顾虑。

针对上述思想反映，炼钢工程公司党委认真组织干部职工学习党中央和东北局关于"把基本建设提到首要地位"的指示精神，并广泛深入地进行政治教育和思想发动工作。其主要内容为：新中国的伟大成就及新旧生活对比；基本建设的目的及其重要意义；个人利益与国家利益的一致性；坚持"好、快、省、安全"，全面和提前完成建设任务的方针和遵守劳动纪律等。

这些教育使职工提高了觉悟，统一了认识，坚定了信心，为加快施工进度奠定了思想基础。

当浇灌轧钢机的主要基础 11 号基础工程及加热炉等基础时，正值严冬时节，天寒地冻，加上大家又缺乏冬季施工经验，因此施工难度较大。

特别是 11 号基础工程，不仅工程量大，需要连续不断地浇灌 3200 多立方米混凝土，且质量要求又极其严格，因为 11 号基础的质量直接决定着整个大型轧钢厂工程的施工质量。

为了确保工程优质，工地党委在反复进行冬季施工思想动员的同时，从 1952 年 10 月 15 日开始，先后对挖土队、混凝土队、领工员、油工等进行了技术业务培训，并采取各种措施加强和配备保温取暖设施以及切实强化安全防火工作，从而使 11 号基础浇灌工程提前 48 小时高质量地胜利完成。

在施工中的技术管理方面，大型工地加强了图纸会审、编制施工组织设计、技术标准和规程的实施等为内容的一系列技术活动与技术工作的科学管理，从而使工程建设提高了劳动效率，加快了进度，保证了质量，降低了工程成本。

特别是在施工过程中，基建系统的全体职工充分发扬了工人阶级的积极性和创新精神，涌现出了很多劳动模范、先进工作者。

这些劳动模范和先进工作者们勇于探索，大胆创新，创造了大量的科学施工方法，有力地促进了建厂工程的顺利进行。

鞍山市工业特等劳动模范黄德茂，时任鞍钢炼钢工程公司钢筋木模队小队长，为了提高施工工效，保证工程质量，他刻苦钻研科学技术，大胆进行技术创新，创造出了"钢筋流水作业法"和14种钢筋成型工具，使钢筋加工由手工业生产实现了机械化和工厂化，提高了劳动效率317%，产品质量合格率达到100%，原材料消耗由7%降至了1.5%，为国家节约了大量资金。

鞍山市劳动模范、金属结构工程公司电焊工班班长贺善述，在电焊结构工程任务量大、时间要求紧的情况下，为了保证施工质量和提前完成任务，积极学习研究先进焊接技术，带领全班同志，先后创造了"短弧深穿透度快速焊接法"、"船形位置焊接法"、"平行对称焊接法"和"分段反焊接法"等10余种先进焊接方法，提高工效1至3倍，保证了焊接质量，加快了焊接速度，改善了劳动条件，大大节约了人工和材料。

在大型厂房屋顶防水层工程施工中，严希直为了提高施工质量，降低工程成本，经过反复研究，发明了"焦油沥青胶着剂配料法"，用鞍钢化工总厂副产焦油沥青代替石油沥青，后经长春中国科学综合研究院所做耐冻试验，效果良好，为我国土建防水胶着剂技术的开发作出了贡献。严希直的发明使质量不仅达到设计要求，也使工程成本大大降低。

鞍钢炼钢工程公司先进经验推广员耿生利，原系公司木工，为了加快大型轧钢厂钢骨框架1/2B砖墙砌筑速度和提高工程质量，弥补施工技术力量严重不足的困难，他利用业余时间，积极研究国外模框砌砖先进技术方法的原理，经过10余次的反复模拟试验，终于创造了"活动标尺砌砖法"，从而提高劳动效率110%，砌砖质量合格率达到100%。

鞍山市劳动模范庄吉庆，原任金属结构工程公司结构二厂厂长兼混合四班班长，为了加快施工进度，提高铆钉工程质量，他认真学习国外先进经验，发明了反变形顶立器，确保了铆钉施工质量，提高工作效率5倍以上，并大大降低了材料消耗和工人的劳动强度。

在大型预安装中，庄吉庆采用先进铆钉法，提高铆工效率6倍，确保了工程质量，消除了安全事故和安装过程中的窝工现象。

在安装某屋架时，庄吉庆采用分段交工法，与各项在建工程平行作业，提高工效一倍以上。

此外，在大型轧钢厂建设工程施工中，还有许多先进模范人物，他们充满智慧的发明创造，对提高工程建设的质量和进度，均做出了不可磨灭的功绩。

在苏联专家的帮助下，在各工程公司广大施工人员的共同努力下，大型轧钢厂工程进展很快。

1953年4月始，大型轧钢机辊道、热锯、矫直机和重轨加工线等主要设备逐渐开始了检查清洗和预安装工作。

同年 8 月，机电设备基础工程全部竣工，主要机电设备开始进行安装，加热炉区机械、电气设备安装完成。

1953 年 9 月，全厂各项建筑安装工程基本结束，并于同年 10 月份陆续开始试车。

1953 年 11 月 26 日上午 11 时 30 分，加热炉开始点火烘炉。

为了确保工程质量，在此期间各施工单位与生产厂共同按照"百年大计，质量第一"的原则，对工程施工各个环节，包括机械设备安装试运、电气安装以及工业管道等反复进行了质量复查和验收工作。

经过复查，各施工单位本着对质量负责到底的精神，先后发现并处理了千余个质量疑点问题，确保工程质量合格率达到 100%。

复查后，产品质量有了大大提高。全厂最大的轧钢机马达，按最初的设计要求震动公差不超过 5 道，实测结果竟达到了 0.5 道。

此外，大型轧钢机、人字齿轮机等设备，安装质量经检测也都达到甚至超过了设计质量要求标准。

1953 年 11 月 27 日 10 时 30 分，在生产单位认真进行了竣工验收之后，整个建设工程开始全面无负荷总试车。

顿时，全厂从加热炉区、轧钢机区、管坯区到冷却台、钢梁加工区等所有机械、电气设备全部启动。

1953 年 11 月 29 日，大型轧钢厂全体生产人员举行了庄严的宣誓大会。

1953 年 11 月 30 日 20 时 45 分，全厂热试轧开始。

这是一个令人振奋的夜晚，8000 多盏明亮的灯，把厂房照耀得无比壮丽辉煌。

在操作台上，轧钢工长郭俊卿怀着兴奋而紧张的心情表示：

我们坚决保证轧好第一根钢材献给毛主席。

刚从苏联实习回来的操作工人于惠顺把电钮一按，大型轧钢机迅速运转起来，两吨多重的钢坯从加热炉里被推出后，通过辊道飞速地送进轧钢机。

钢坯越轧越长，穿过最后一道轧辊时，方形的钢坯已变为圆形钢材了，它像一条火龙在漫长的辊道上缓缓前进。

接着，在热切锯的上空腾起一片火花，碗口粗细的圆钢被拦腰切成了三段，进入了冷却台。

顿时，站在现场的人们立即欢呼起来，掌声、欢呼声此起彼伏。

很多老工人热烈拥抱，有些已经激动得说不出话来，只是一个劲喊："好！"

就连苏联专家也高兴地或握手、或拥抱、或欢呼，仿佛自己国家建成了大项目一样兴奋。

后来，经过严格的质量检验证明，生产出来的产品完全是一级品，这标志着大型轧钢厂热试轧一次成功。

而后，陆续轧制出来的大型圆钢、无缝钢管的管坯和重轨等产品，绝大部分均为一级品，这说明整个建设工程质量达到了优等水平。

至此，经过全体施工人员 15 个月的顽强拼搏与艰苦奋斗，我国第一座生产规模宏大，机械化和自动化程度空前先进的大型轧钢厂，宣告正式建成！

七号高炉顺利建设完成

1953 年 2 月 27 日，鞍山炼铁厂第七号高炉开始炉基施工。

鞍钢炼铁厂第七号高炉是我国"一五"期间，建设起来的第一座机械化、自动化的大型高炉。

七号高炉建设工程规模宏大，技术复杂，是由苏联提供设计，主要设备也是从苏联引进，而由我国自行建设安装的一座现代化高炉。

七号高炉前身始建于 1939 年 3 月 7 日，生铁日生产能力为 700 吨。

1945 年 8 月 15 日，日本帝国主义在二战中战败投降，同年 8 月 20 日七号高炉也随之停产。

第一代炉龄为 6 年 5 个月，累计生铁产量为 89 万多吨，平均日产量为 449.15 吨，一直未达到设计能力。

由于七号高炉是在原址上恢复重建的，因此拆除旧基础工程量就十分巨大，其中土建爆破量高达 5745 立方米。

但是，经过全体施工人员的艰苦努力，到 4 月底已基本上完成了各相关工程旧有厂房基础的拆除与清理工作以及半永久性临时工程的建筑，进行了设计图纸会审和施工组织设计的编辑。

同年 6 月，工地除进行了设计、设备、材料供应等五项平衡工作外，与此同时，各施工单位相继完成了 1、2、3 号透平鼓风机、3 台洗涤机和料缸卷扬机等重要机械设备的清洗和预安装工程，以及主要的混凝土基础浇灌工程，为高炉安装工程创造了有利条件。

　　为了确保七号高炉的先进性，炉子内型采用了苏联巴甫洛夫院士和兰姆教授的配料方法设计的模式，炉底深度加深，炉缸采用了最新式的镀砖冷却壁，使原七号高炉所存在的技术上缺陷都得到了彻底改变，从而进入了先进高炉的行列。

　　为了确保炉缸改造工程的建设速度和工程质量，公司党委进一步加强了思想政治工作，要求工地党、政、工、团等各级组织要深入现场，认真检查工程准备情况，并多次召开干部和职工会议进行动员，指出完成工程任务的有利条件和所存在的主要困难，使施工的干部职工做到心中有数。

　　同时，工地党委还反复向施工人员讲述七号高炉建设的伟大意义及炉缸工程建设进展的快慢与质量的好坏对按期完成国家基本建设计划的极端重要性。

　　在搞好思想动员的同时，工地还进一步建立和健全了各种责任制。

　　在质量监控方面，各个工地实行了质量挂牌及三关自检制。

　　在工序配合上，设立了专人专责，工程技术人员负责现场指导与检查施工，并负责向施工人员做好图纸会审和技术交底工作，由班组长负责贯彻执行。

为了使设备制造更好地满足旧炉改造的要求，工地还切实加强了施工、设计、设备制造及生产操作等各相关部门的密切联系与配合，以确保缸体改造工程的顺利完工。

在炉缸改造的同时，由于原炉身各部位已经变形，对炉身还必须进行加固。同时，原有旧高炉仅有 16 段冷却水箱，冷却部分只占炉身全高三分之一，故炉身上部温度仍然很高，使耐火砖受到很大的侵蚀，因此严重地影响了高炉使用寿命。

根据当时的先进技术，冷却水箱炉身高应保持在规定范围内。所以，这次改建时，便需要在原有基础上再加上 4 段冷却水箱，以使冷却部分达到炉身的二分之一。

在炉身加固过程中，广大施工人员动脑筋，想办法，终于克服了旧设备变形、新制作的设备误差大所造成的安装困难，3500 多颗铆钉都完全合乎质量，而且新更换的三段钢板仅用 18 天时间即全部完成，为筑炉公司砌砖创造了平行流水作业的条件。

在工地全面实行立体平行流水作业的过程中，热风炉加高工程也进入了紧张施工阶段。

热风炉的作用是将透平鼓风机送来的冷风预热到 600 度，然后供给高炉作为燃烧后的热风。

当时由于七号高炉原有的 3 座热风炉，仅剩下了 3

个炉壳。而且，根据苏联的高炉先进操作经验，确定高炉每一立方米有效容积需要热风面积 60 平方米，但七号高炉原有 3 座热风炉的热风面积只有 41 平方米，故为了满足高炉全风量的需要，必须在原有基础上再对每座热风炉进行加高。

加高工程是将原有炉顶拆下新增 3 段，然后再将炉顶重新装上。

除了炉皮外，与热风炉有关管道、阀门及送风机等亦需重新进行设置。

但是，由于热风炉四周密布各类生产设备，东有煤气洗涤，南有第一除尘器，西有热风炉，只有从北面可以进行施工。

然而，北边上面有高压输电线，地面有筑炉的耐火砖运输线和砖加工点，地下则在进行烟道基础改造。

当时施工正值 5 月份，铆钉与烧焊使炉内温度高达 42 度。

实际上在热风炉加高工程施工中，环境的困难虽然比较大，但是最大的困难是人力的严重不足，因为当时技术工种紧缺，根本抽调不出铆工。

为了解决人力缺乏问题，工地动员钳工及配管工学习第二种技术当铆工。

经过动员，大家决心很高，很快就掌握了铆工技术，而且与 8 号高炉同样工程比较，提高的工作效率达 30%，整个工程提前 56 天圆满完成了加高任务。

在中共鞍山市委、鞍钢基建党委的正确领导下，在高炉工地施工人员的共同努力下，高炉本体工程包括炉身改造、热风炉、装料系统和供电系统等进展顺利，大部分工程均按计划或提前完成。

1953 年 7 月 3 日，中共鞍山市委对七号高炉系统工程的施工情况作了全面认真的检查，找出了可能影响工程如期完工中所存在的关键问题，并制定了有效措施，号召各级党组织和广大党员干部，一定要发扬整体意识，相互支援，以确保工程按计划完成。

1953 年 7 月上旬，七号高炉及与其配套的十五、十六号焦炉砌砖工程全面开工，在鞍钢筑炉公司党委的领导下，经过广大筑炉职工的艰苦努力，砌砖质量和效率不断提高，有力地促进了七号高炉系统工程的建设任务的提前完成。

为了提高施工质量，降低工程成本和加快施工进度，确保 1953 年底前出铁，工地党委发动职工大搞技术创新，组织工程技术人员攻克技术难关，涌现出了许多先进施工方法和先进人物，大大加快了七号高炉系统工程的顺利完成。

在七号高炉砌砖工程中，筑炉公司积极采纳苏联专家的建议，试制成功磨砖机和切砖机，代替人工磨砖和切砖，实现了耐火砖加工机械化。

同时，筑炉公司还设计制作了机械化施工设备，如高炉砌砖自动化工作台、高炉炉身保护板及热风炉砌砖自动吊金等 8 种主要施工机械，对提高工程质量、提高劳动效率、实现筑炉工程施工机械化起到了巨大作用。

如耐火砖加工机械化，过去人工加工一天最多能磨 15 块，而且容易缺边，表面光滑度差。采用磨砖机磨砖后，每人可磨砖 1100 多块，比起人工效率提高 20 倍。

与七号高炉配套的十五、十六号焦炉是奥托式炼焦炉，其炉体构造主要分五部分：小烟道、蓄热室、斜烟道、炭化室及炉顶。

除炉顶和小烟道全部用黏土砖外，其余全用硅砖砌筑，而砌硅砖所用的硅火泥在砌筑时黏结性较差。并且这座焦炉又是严格按照苏联先进技术标准设计的，构造复杂，砌筑质量标准要求高，需用数百种砖型砌筑，因此施工难度较大。

开始砌筑时，进度很慢，施工定额虽然仅定为每人 1 吨，但实际每人完成量却仅能达到 0.6 至 0.8 吨之间。

显然，如果按照这种进度施工，两座焦炉砌筑工程于 1953 年 10 月初完工，以保证供应七号高炉开工生产所需的冶金焦和大型轧钢厂、无缝钢管厂开工后所需要的煤气供应的计划，必将受到影响。

在此情况下，为了确保两座焦炉的砌筑工程按计划全部砌筑完，筑炉公司党委发动职工，积极动脑筋，想办法，充分发挥工人阶级的创造性，以进一步提高砌砖效率。

这时，公司劳动模范、共产党员韩庆臣听到公司动员后，便带领施工小组同志，积极研究改进措施，努力学习先进技术知识，终于创造出了用双手粘浆代替打灰条，用平行流水作业代替单人操作的办法，成功地发明了"双手粘浆平行流水砌砖法"，为焦炉工程提前完工和保证优良的工程质量创造了条件。

在七号高炉建设过程中，根据专家建议，对于高炉煤气输送系统，决定采用安全可靠的叶形闸板，拆除水封开闭器，以杜绝人身中毒和煤气爆炸事故的发生。

但在当时，对于这种新型设备，中国不但没有制造过，也从来没有使用过，而到国外订货又来不及，甚至会影响七号高炉的建成工期。

在这种情况下，设备处助理工程师沈乃敏，在专家指导下，参照世界最先进的热力式叶形闸板资料，在公司领导大力支持下和机械处助理工程师吴本廉的积极合作下，经过一个月时间，终于设计出全部样图，经过专家两次会审图纸，交给机械处第一金工车间试制。

在以机械处王国章副处长为首的13人试制小组的具体指导下，通过发动工人提合理化建议，1953年11月9日，终于制造成功了热力式叶形闸板，为高炉煤气的安全输送作出了重大贡献。

在施工过程中，高炉公司全体职工在七号高炉建设工程中，充分发挥了工人阶级主人翁的积极性与创造性，克服了施工人员不足、材料与工具供应未按期到位，以及施工环境和条件方面的种种困难，使高炉提前投产运行。

在此期间，有许多先进模范人物，创造了大量的先进业绩，如胡兆森、于麟趾提出了许多合理化建议，石玉臣小组创造了高空车轴法，梁庚尧发明了考克研磨机等。

这些技术创造与发明，大大减轻了工人的体力劳动强度，也节约了大量的材料和工具，提高了劳动效率，也有力地加速了工程施工进度。

鞍钢炼铁厂七号高炉建设工程，经过全体施工人员的艰苦奋斗，大胆创新，在全国各族人民的大力支援下和苏联专家的热情帮助下，战胜了种种艰难险阻，终于顺利竣工。

1953 年 11 月 27 日上午，炼铁厂第七号高炉开始通热风，准备烘炉。

这座高度机械化、自动化炼铁炉，在基建工人的艰苦努力下，仅仅经过几个月时间，就从一个几经洗劫、千疮百孔的炉壳，变成当时世界上最新式的技术设备，像一个巨人一样高耸于天地之间。

11 月 27 日 24 时，烘炉准备工作全部就绪，发电厂操作工一按电气开关，庞大的鼓风机立即呼啸起来，冷风经过热风炉加热至 100 度后，被迅速送入七号高炉开始烘炉。

12 月 18 日 7 时 30 分，七号炉开始点火炼铁。

点火仪式开始后，鞍钢代总经理华明走到热风炉旁边一按电钮，热风炉开闭器即自动打开，650 度的热风从直径两米的黑色管道呼啸着涌进高炉，炉底的焦炭顷刻燃烧起来。

炼铁工人和工程技术人员准确地掌握着炉内矿石熔化的情况，及时地往炉内添加着原料。

1953 年 12 月 19 日 20 时 30 分，炼铁厂副厂长周传典宣布出铁时间已到，炉前技师张殿阁率领炉前工打开出铁口，刹那间，通红的铁水吼叫着从出铁口冲出来，顺着铁沟滚滚流入大铁缸，胜利地熔炼出第一炉铁水。

至此，鞍钢"三大工程"全部竣工，中国第一个大型钢铁基地建成了！

"三大工程"举行交接仪式

1953 年 9 月，鞍钢无缝钢管厂和大型轧钢厂建设工程，经过基建战线全体职工一年多时间的艰苦辛勤劳动，大量的各项建筑和机电设备安装等工程已基本结束，各种机械、电气设备已陆续开始调整，局部试车和交工验收也完成，整个工程进入竣工验收阶段。

各施工单位和不同工种也开始由按工程区域分散施工，到把各个单项工程集中为一个整体进行联运试车，并抓紧时间和积极配合共同调整、处理在试车和验收中发现的一些局部工程质量问题，按技术设计要求搞好质量复查，在确保建筑安装质量的基础上，进一步搞好工程验收和移交工作，以促进各个建设工程提前竣工投产。

为了切实加强对基建工程竣工投产工作的领导，同年 9 月中旬，中共鞍山市委、鞍钢公司领导亲自到各工地主持召开甲乙方和大二包单位的党政领导干部会议，要求各级领导干部一定要树立整体观念，克服本位主义，统一认识，统一步调，共同搞好联合试车和验收投产工作。

各级党群组织，进一步加强思想政治工作，大力宣传基建和生产目标的一致性，号召广大职工认真坚持和贯彻"百年大计，质量第一"的方针，牢固树立工程质

建设高潮

量负责到底的思想，共同搞好工程试车和验收工作。

1953 年 10 月 31 日，在鞍钢无缝钢管厂办公室举行了竣工验收移交的签字仪式，这比原计划的 11 月份竣工投产提前了一个月。

在工程竣工移交签字仪式上，鞍钢代总经理华明讲了话，他指出：

> 无缝钢管厂是我国五年建设计划中的一个重点建设工程，规模庞大，技术复杂。从 1952 年 7 月开工兴建，至今仅仅 15 个月的时间，就全部提前完工，并且达到优等质量。在建厂过程中，锻炼和培养出了大批掌握先进经验和先进技术的管理干部和技术人才，这为我国建设现代化的重工业工厂创造了有利的条件。无缝钢管厂的提前完工，对于完成我国五年建设计划有着特别重大的意义。

最后，鞍钢代总经理华明，副经理赵北克、刘克刚、张益民，轧钢工程公司经理刘铁男，无缝钢管厂厂长杨仿人先后在竣工验收单和无缝钢管厂的工程交工证明书上签字。

参加签字仪式的中苏双方代表纷纷为中苏友好的结晶，即新中国第一座无缝钢管厂的诞生互致祝贺，很多工人都流下了激动的泪水。

1953 年 12 月 15 日 15 时，大型轧钢厂举行了竣工移交生产签字仪式。

从此，我国第一座机械化、自动化的大型轧钢厂，正式宣告胜利完工。

1953 年 12 月，七号高炉炉体工程全部竣工后，生产部门经过严格检查验收，满意地在炉体交工协议书上签了字，同时下达了烘炉命令。

1953 年 12 月 18 日 15 时 30 分，举行了七号高炉竣工移交生产签字仪式。

至此，鞍钢"三大工程"全部交接完毕。

1953 年 12 月 21 日，鞍山钢铁公司全体职工写信给毛泽东，报告无缝钢管厂、大型轧钢厂和第七号高炉三项工程胜利开工。

信中说：

当此第一个国家五年建设计划的第一年计划即将顺利完成之际，我们兴奋地向您报告：无缝钢管厂、大型轧钢厂、第七号炼铁炉，都已提前竣工，并开始生产，国家交给我们的"三大工程"任务，已经胜利完成了。

12 月 24 日，毛泽东给鞍钢全体职工复信一封，热烈祝贺"三大工程"开工生产。

在信中，毛泽东指出：

　　鞍山无缝钢管厂、鞍山大型轧钢厂和鞍山第七号炼铁炉的提前完成建设工程并开始生产，是 1953 年我国重工业发展中的巨大事件。

　　……

　　我国人民现正团结一致，为实现我国的社会主义工业化而奋斗，你们的英勇劳动就是对于这一目标的重大贡献。

周恩来在祝贺鞍钢"三大工程"开工生产的题词中指出：

　　大型轧钢厂、无缝钢管厂、七号炼铁炉的开工生产，是我国社会主义工业化建设中的重大胜利。

交接仪式后，"三大工程"也做好了投产前的所有准备工作。

四、 投产运营

- 华明说："祖国交给鞍钢第一个五年计划的第一年的基本建设任务，已经以优良的质量提前完成。"

- 农民高兴地说："工农情谊深，黄土变成金！"

- 李德祥接到任务后，高兴地说："这是毛主席深切关怀的工程，我们到那里去工作感到非常光荣。"

"三大工程"举行投产典礼

1953 年 12 月 26 日，对于鞍钢人民，对于鞍山人民，乃至全国人民都是一个非同寻常的日子。

在这一天，鞍山钢铁公司隆重举行"三大工程"投产典礼。

为了迎接这一天的到来，鞍山市各界人民，早就开始喜气洋洋地忙着进行各种筹备活动。

由北京中央美术学院帮助设计的大会会场，为了保证施工完成，建设者们不分昼夜地进行抢建。

在市区的主要街道和工厂区的建筑物上，市民们也悬挂起巨幅标语和千百面彩旗。

各机关、学校和商店门口，也挂上了成对成排的灯笼。

为了通过"三大工程"投产的具体事实，向工人和全市人民群众进行关于过渡时期总路线的教育，无缝钢管厂厂长向全体职工进行了两次报告，讲解"三大工程"开工生产对贯彻实现总路线的意义。

无缝钢管厂的职工还赶制了说明无缝钢管用途的宣传画和标语。

鞍山钢铁公司第五宿舍俱乐部和铁东俱乐部，也积极筹备庆祝"三大工程"竣工的图片展览会。

鞍山市文工团和各文化馆、文化站领导的业余剧团，为了庆祝"三大工程"开工典礼和向参加建设工程的职工作慰问演出，积极赶排精彩的节目。

正在鞍山演出的著名京剧演员梅兰芳、周信芳、程砚秋和马连良等，也准备继续留在鞍山，参加"三大工程"开工典礼的演出。

全国总工会还专门发来贺电。贺电说：

鞍山钢铁公司新建无缝钢管厂、大型轧钢厂和改建自动化七号炼铁炉三大工程已经胜利完成并正式开工生产了。中华全国总工会欣慰地向鞍钢全体工人、技术人员、职员和各部门领导干部致以热烈的祝贺。祝贺你们非凡的成就。

三大工程的完成，是中国共产党领导下的新中国具有极为强大的力量的表现，是我们国家过渡时期的总路线的一个新的胜利。三大工程在我国社会主义工业化的历史上是辉煌的一篇，是我国在1953年工业建设上的一项最值得纪念的大事。三大工程将对我们国家的社会主义工业化起重大的作用。

应中央人民政府邀请，特来参加鞍山钢铁公司大型轧钢厂、无缝钢管厂和第七号炼铁炉开工典礼的苏联部长会议副主席兼冶金工业部部长伊·费·捷沃西安到达鞍钢，苏联运输和重型机器制造工业部计划管理局局长鲍贝列夫，对外贸易部第二出口管理局局长布西金和冶金工业部负责工作人员奥布洛姆斯基也同车到达。

同车前来的还有苏联驻我国大使尤金，大使馆参赞华司考、阿希波夫，商务副代表那维琪。

为了感谢苏联专家为"三大工程"作出的巨大贡献，很多人都去车站欢迎苏联代表一行。

去车站欢迎的有东北行政委员会第一副主席林枫，中共鞍山市委员会书记韩天石、副书记刘家栋、丁秀，鞍山钢铁公司代总经理华明、副总经理王玉清，鞍山市人民政府副市长李维民、王一新以及鞍山市特等劳动模范孟泰、张明山、黄德茂、王崇伦、武玉兰和各界人民代表200余人。

当苏联贵宾下车时，受到鞍山市各界人民群众的热烈欢迎。少年先锋队员们向苏联部长会议副主席捷沃西安等献花。

晚上，鞍山市人民政府和鞍山钢铁公司设宴欢迎苏联部长会议副主席捷沃西安一行。

12月26日，这个庆典的日子终于到来了！

这一天，鞍钢工地到处红旗招展，人们脸上都挂着抑制不住的喜悦。

庆典现场更是锣鼓喧天，彩带飞扬。

典礼开始后，中共中央东北局第一副书记、东北行政委员会副主席林枫发表讲话，他说：

几年来，鞍钢全体职工在党的领导下，在建设鞍钢和实现我们国家社会主义工业化的伟大事业中获得重大成就，鞍钢这三项重要工程，规模宏大，技术复杂，在建设过程中曾遇到很多困难，由于全体职工发挥了高度劳动积极性和创造性，以工人阶级坚强不屈的毅力，在全国人民积极支援和苏联专家的热情帮助下，虚心学习，勤苦钻研，克服了一切困难，仅仅在一年多的时间内，完成了十分艰巨的任务。

鞍钢代总经理华明在致辞中说：

祖国交给鞍钢第一个五年计划的第一年的基本建设任务，已经以优良的质量提前完成。

12月27日，《人民日报》发表社论，题为《我国工业建设的重大胜利》，社论指出：

"三大工程"的开工生产，大大加强了我国的钢铁工业。鞍山钢铁公司将日益发挥出巨大的潜力，支援全国的工业建设，有力地推动我国第一个五年计划的实施。

投产运营

103

鞍山"三大工程"的建设历时 9 个月至 15 个月的时间，于 10 月份和 12 月份内相继竣工并投入生产。

这也宣示着第一个五年计划中第一个大型项目率先完成，这对我国国民经济建设将会发挥重大作用，将为国家生产出大批工业、运输业、国防建设以及农业所不可缺少的各种钢材和生铁，其意义是非常重大的。

"三大工程"开始投产运营

1953 年底，鞍钢"三大工程"纷纷开始投产运营。

在投产运营前，"三大工程"为了切实组织好现代化生产，很早就开始对员工进行培养。

早在 1952 年初，大型轧钢厂就从各兄弟厂矿抽调 30 多名工程技术人员和工人骨干，还调配来 10 多名大专毕业生，到苏联去学习生产管理。

同年 7 月，正式成立大型轧钢厂生产机构，任命李文为大型厂厂长。

1953 年 5 月，鞍钢公司党委决定调第一炼钢厂党委书记刘国华同志任大型厂第一任党委书记。

至 1953 年底，大型轧钢厂全厂职工按设计定员为 640 人，其中工程技术人员为 200 人，工人 400 多人，已陆续进入生产岗位。

为了切实做到按期投产，大型轧钢厂党委首先开展了职工培训工作，以提高职工的技术业务水平。

同时，对各生产岗位还制订了岗位操作和技术安全规程，并组织大家认真学习和认真贯彻执行。

此外，大型厂还积极进行了机电设备的备品备件和生产所必需的工器具的准备工作，以确保设备正常运转。

在设备验收和试车初期，苏联开工生产专家 20 多人，以下塔吉尔大型厂生产副厂长卡尔尼洛夫为组长来到鞍钢，帮助大型厂认真进行设备调试和生产准备工作，并协助建立了企业管理机构，补充编写和修订了各项技术操作规程与各种规章制度。

竣工投产后，在党中央、中央人民政府的亲切关怀和领导下，鞍钢大型厂依靠自己的技术力量，积极组织生产，精心维护设备，使建设工程迅速达到设计能力，并使产品质量保持了优质水平。

1954 年，大型轧钢厂生产钢材即达到 20 万吨，第二年就超过了设计生产能力，钢材产量达到 35 万吨，比预计完成时间提前了 3 至 6 年。

1963 年，大型轧钢厂自行设计制造出重轨、型钢自动翻钢机，结束了用人工翻钢的历史。

1966 年研制成功并大批生产 25 米重轨，从而大大提高了铁路铺设速度和机车行车速度，也使机车运行寿命大幅度延长。

经过不断的技术改造和设备更新，鞍钢大型厂厂房面积由开工时的 4.7 万多平方米扩增到 6.6 万多平方米。

与大型轧钢厂相同，无缝钢管厂与七号高炉投产后克服了种种困难，也取得了巨大成就。

投产后，七号高炉遇到了很多技术上、操作上的问题，经过全炉干部职工的努力，各种问题最终都被克服了。

七号高炉开炉不久，在堵铁口时，由于电炮操作失灵，铁口堵不住，高炉被迫休风。

休风后，经检查发现原来是电缆线被喷射的渣铁烧坏短路。找到原因后，技术人员很快抢修，重新更换新电缆，并恢复了生产。

然而，在运营时，同类事故仍时有发生。面对此类问题，技术人员非常重视，还专门开会讨论解决办法。

后来，经大家研究分析，终于寻找出避免电缆再被烧坏的办法，改变了电缆铺设的位置，并增设了隔热保护材料。

这样才防止了上述事故的再次发生，保证了电炮的正常操作。

还有一次，七号高炉工人在使用开口机开铁口时，由于操作不熟练，使用不当，把铁口突然打开，铁水奔流而出，造成了工人被烧伤的事故。

事故发生后，有些工人提出开口机不好用，还不如用钎子、榔头开铁口呢！因为他们认为钎子、榔头开铁口他们有经验，能把握分寸，虽然苦点热点，但不至于烧伤。

从此，有一段时间开口机搁置不用。技术人员和干部发现这个问题后，非常重视，他们一面组织研究如何掌握好开口机的操作，一面做工人的思想工作，说服那些抵制开口机的工人，大胆实践，不断摸索使用开口机的窍门，同时对开口机操作装置进行适当改进。

经过一段时间实践摸索，有一个班终于摸索了一套使用开口机的经验。

于是，领导干部再次用事实做思想工作，并总结推广使用成功班组的经验。

经过半年左右的实践，全炉各班组都掌握了开口机的使用技术。从此，既减少了开铁口的繁重劳动，保障了安全，同时又缩短了开铁口的时间。

工人们尝到了甜头，一旦开口机发生故障，马上把它修理好，保证正常使用。

就这样，在各级领导的领导下，经过一年左右时间，通过全炉职工刻苦学习，大胆实践，全部职工掌握了苏联提供的新设备与先进的炼铁新技术，驾驭了全国最大型高炉的生产操作，产量达到设计水平，提高了生铁质量，降低了焦比，实现了高产、优质、低耗的奋斗目标。

1955 年，七号高炉的生产业绩，在鞍钢炼铁厂与全国炼铁行业中名列前茅。

1956 年 4 月，七号高炉代表王洪顺还出席了全国总工会在北京召开的全国先进生产者代表会。大会授予七号高炉全国先进生产集体的荣誉称号。

会议之后，王洪顺向七号炉全体职工作了详细传达，全炉职工受到极大鼓舞，纷纷表示，决心在党的正确领导下，多出铁、出好铁，为社会主义建设作出更大贡献。

在"一五"时期，鞍钢胜利完成"一五"计划，基本建成了我国第一个大型钢铁生产基地。

"一五"计划时期是鞍钢大规模建设和生产发展的兴盛时期。

在此期间，鞍钢还扩建了大孤山、东鞍山和弓长岭三座铁矿山，使大孤山矿成为了我国第一座最大的机械化、电气化露天铁矿。

恢复和改造了炼铁厂的三、五、六、八、九号高炉和第二炼钢厂，扩建了耐火材料厂和化工总厂炼焦炉。

开始新建第二轧钢厂、第二薄板厂和第二中板厂，以及相应的动力、机修、运输和生活辅助设施。

这些工程的按期或提前竣工投产，加上对解放前残存老厂、老设备的技术改造，实现了总体设计规划的预期要求，劳动条件有了明显改善。

在技术革新方面，炼铁厂的三、九号高炉采用了高压操作新技术，全厂高炉综合利用系数达到每日每立方米1.4吨的效率，接近当时苏联高炉的先进水平。

第一炼钢厂在二、六号平炉上采用了镁铝砖碱性炉顶，为强化平炉冶炼创造了条件。

1953年，鞍钢的钢产量为95.26万吨，1954年的生铁产量为150.51万吨，先后突破解放前昭和制钢所的最高年产量水平。

1957年，生铁产量提高到336.1万吨，钢产量提高到291.07万吨，铁与钢的生产能力已基本达到初步设计方案规定的指标。

"一五"期间，鞍钢完成基建投资总额17.29亿元，累计上缴利润22.4亿元，超出同期国家对其基建投资。

为此，鞍钢名副其实地成为我国第一个大型钢铁基地，被誉为"祖国的钢都"。

参与过"三大工程"建设的寒力，后来在回忆这段历史时，还填了一首《渔家傲》来作为对鞍钢"三大工程"的怀念和颂扬。他写道：

百废俱兴定基调，优先钢铁为头炮。

钢都起步复工早。

莫嘲笑，鞍钢没种高粱草。

"三大工程"为主导，"一五"宏图奠基好。

人才物力全国保。

忘不了，"四化"征途重担挑。

后来，著名诗人朱赤、周以纯写成长诗《太阳都市》，书写了鞍钢的风雨历程，歌颂了建设者的风姿。诗写道：

这脚音，

怎能从我好的记忆中，

磨灭；

就像那铁水，

第一次从我们手中飞溅时，

轰轰烈烈的心旌摇曳。

那刻骨铭心的英雄意识，

我们守候着它耀眼的姿势，

呱呱坠地的婴儿，

那是我们，

全部理想与精血，

在高炉母体里孕育的，

生命的延续与张扬。

……

太阳都市，

不仅仅生产钢铁，

一行行太阳都市生长的诗，

在这片热土上，

多么丰富多彩的飞翔与舞蹈。

……

在劳动中创造，

在智慧里升华，

在总结中前进，

在前进中抵达更加高级的境界，

抵达必然王国的巅峰。

……

"太阳都市"的"太阳"，正是鞍钢的建设者们，正是他们在创造奇迹、在谱写诗篇，是他们在支撑着这个钢铁巨城，也是他们在托起明天的太阳，完成着一首大工业的黑色冶金交响曲。

鞍钢"三大工程"的建成与投产运营，打响了新中国大规模建设的第一炮，它像冲锋的号角，激励着全国人民为建设繁荣富强的新中国而奋勇直前！

鞍钢积极支援全国

1953 底，鞍钢"三大工程"投产后，鞍钢一边进行建设，一边开始了支援全国的活动。

这是因为鞍钢"三大工程"的建设和投产得到了全国的支援，而全国再建新的钢铁基地、新的无缝钢管厂，鞍钢当然有义不容辞的支援义务。

早在 1950 年，毛泽东就提出应"既出钢材，又出人才"。

这就是后来在鞍钢内部形成的口号：

既出钢材，又出人才。

全国支援鞍钢，鞍钢支援全国。

为了响应中央号召，鞍钢在支援全国时，积极开展了对农业的支援。

在"以农业为基础、工业为主导"的发展国民经济总方针指引下，鞍钢许多工人、干部和技术人员在各自的工作岗位上，努力为支援农业作出贡献。

不少职工挥笔写文章，谈工业支援农业的体会。

劳动模范、鞍钢第一炼钢厂老工人李绍奎，还有劳动模范、鞍钢科技处副处长、工程师王崇伦写道：

支援农业是我们工人阶级的光荣任务。它直接关系到广积粮，是加强工农联盟、巩固无产阶级专政的一件大事。

在中央的大力号召下，鞍钢工人积极开展为农业服务运动。他们认真工作，为农业提供了所需的钢材，为农村修理农具。为了全国农业的发展，贡献了一个钢铁人所能做的一切。

在当时，国家给鞍钢下达了一大批农业上打深井用的钻杆、井管等61个品种、规格的无缝钢管生产任务。

当时，全厂生产计划已经安排得满满的，再安排新任务就有困难。

面对困难，工人在讨论中都说，支援农业是我们工人阶级应尽的责任，农业需要什么品种的钢材就应该生产什么品种的钢材，什么时候要就应该什么时候给，再大的困难我们也要克服。

于是，全厂职工迅速行动起来，大挖生产潜力，自觉地为生产出打深井的钢管出力。

为了保证钢管质量，延长使用寿命，工人、干部和技术人员对轧管机进行了联合"会诊"，提出了20多个解决方案。

经过一段时间的努力，终于把这批无缝钢管按质、按量、按品种地生产了出来，并提前两个月发送到辽宁、河北等打井第一线。

为了支援农业，鞍钢每到春季都组织支农服务队，带着材料，背上工具到农村去，直接帮助农民修造农业机电设备。

该项支援农业活动取得了很大成就，也受到了农民兄弟的热烈欢迎。

在当时，盘锦地区清水农场都是用手一块一块地制土坯烧砖，又累又慢。

鞍钢支农服务队去了以后，农民要求鞍钢工人帮助做制砖机。

于是，在鞍钢工厂党委的支持下，支农服务队5名同志立刻动手干起来。

缺少材料就东拼西凑，以旧代新；人手不足就实行多面手，一个人做四五个工种的工作。

这样一连忙活了一个多月，终于把制砖机制成装好了，投入生产后又快又省力。

农民高兴地说："工农情谊深，黄土变成金！"

当然，鞍钢作为钢铁工业的摇篮，作为"一五"计划建成的第一个大项目，鞍钢对工业的支援是最主要的。

在长春第一汽车厂建设过程中，鞍钢就提供了很大支援。

1953年8月，在鞍钢"三大工程"还在紧张施工时，鞍钢机械供应站为了支援新中国第一个汽车制造厂的建设，就派出了40多名挖土机司机，去第一汽车制造厂进行机械化施工。

当时，在第一汽车制造厂有一大片荒地需要挖掘，却是有机械没司机。

鞍钢接到第一汽车厂的请求支援信后，当即答应了他们的要求。鞍钢为他们每一台挖土机都配备了3班人员。

被派去第一汽车厂的挖土机司机，都具有丰富挖土经验，绝大多数都参加过大型轧钢厂、无缝钢管厂、设计大楼等工程的机械化施工人员。

当这批有丰富经验的挖土机司机接到支援一汽的任务后，个个都非常兴奋。

一个叫李德祥的挖土机司机接到任务后，激动得几天没有睡好觉，他高兴地说："这是毛主席深切关怀的工程，我们到那里去工作感到非常光荣。"

很多司机也都说："是啊，我们是新中国最光荣的挖土机司机了，因为我们既参加了第一钢铁基地的建设，现在又要去参加新中国第一个汽车制造厂的建设。"

还有司机表示："我们支援一汽既是为咱们自己的荣誉，也是鞍钢的荣誉。我们千万别给鞍钢的脸上抹黑啊。"

为此，这批挖土机司机经过讨论，最后一致表示要做好三件事：

保证完成任务；

把技术交给别人；

把施工经验带回鞍钢。

正如他们保证的那样，挖土机司机到达一汽后，不仅勤奋劳动，推进了工程的顺利施工，他们还毫不保留地把自己的施工经验传给一汽的建设者。

鞍钢司机的这种勤劳和无私奉献的精神，获得了一汽建设者的大力赞扬。

鞍钢"三大工程"建成投产后，当年在第一个无缝钢管厂工作过的大批青年骨干，在我国第二个五年计划的第一年，即 1958 年，就分批成建制地支援北京、上海、包头、成都、太原、武汉、宝鸡等地的钢管厂。

据 1959 年 2 月新华社报道：

鞍钢今年将为全国各地钢铁工业战线和本企业培训近 10 万名新的技术工人。

鞍山钢铁公司和共青团鞍钢委员会在 18 日联合召开了培训技工经验交流大会。各厂矿到会代表都表示决心，要千方百计地加速培养新工人，为今年夺取 1800 万吨钢的战斗增加新的技术力量。

鞍钢在 1958 年曾输送出技工 5000 多人，代各地培训出技工 5000 多人，有力地支援了各兄弟企业和全国钢铁生产大跃进。

会议总结了去年鞍钢的新工人培训工作，

交流了经验，认为以多种多样优质钢材和培训钢铁企业的各类技术人才支援全国。

1959 年，鞍钢除了支援武钢、包钢等 20 多个大中小型钢铁企业大批技术工人以外，同时全国各地 26 个省、市、自治区将送来 5 万多名工人委托鞍钢培训。

到目前为止，各地已送来委托培训的工人 2.7 万多名。

钢铁作为经济建设的"骨骼"，它遍及各行各业。在中国的大地上，在人们工作学习和生活所在的任何地方，几乎处处可以看见鞍钢人和鞍钢产品的踪迹。因此，鞍钢被誉为"经济建设的摇篮"。

鞍钢源源不断地给全国培养输送干部、工程技术人员和技术工人，支援全国的经济建设项目，为社会主义建设事业作出了重大贡献。

在鞍钢奉献的人才当中，后来，有的担任了党和国家重要领导职务，有的走上了省市的各级领导职务，有的出任大型钢铁企业的经理或党委书记，有的被评为蜚声中外的优秀企业家，有的成为造诣高深的技术专家……

鞍钢不仅培养了大量的领导和技术人才，还培养出了一大批精英模范，并把他们送到了国家最需要的地方和岗位。

　　后来武钢的李凤恩，包钢的唐嗣孝，冶金部的周传典等都是鞍钢的早期建设者。他们在各自工作岗位的杰出表现给鞍钢创造了崇高荣誉。

　　后来，长江之滨、塞外草原、燕山脚下、长城尽头、黄浦江口，一座座新型钢城的崛起，一个个奇迹的诞生，无不浸透着鞍钢人奋斗的汗滴和滚烫的血液。

　　鞍钢人用自己的血肉之躯，连同青春与理想，一起铸进了祖国钢铁事业崛起的基座。

　　鞍钢的"三大工程"，也成了新中国建设史上无比辉煌的丰碑。

本书主要参考资料

《国史全鉴》本书编委会编 团结出版社

《共和国五十年珍贵档案》中央档案馆编 中国档案
  出版社

《共和国经济风云》赵士刚主编 经济管理出版社

《华夏金秋》柏福临主编 吉林大学出版社

《中国现代史资料选辑》彭明主编 中国人民大学
  出版

《共和国开国岁月》张国星 何明著 中共党史出版社

《毛泽东与陈云》王玉贵主编 湖北人民出版社

《周恩来传》金冲及主编 中央文献出版社

《开国领袖毛泽东》王朝柱著 中国戏剧出版社

《陈云传》金冲及 陈群著 中央文献出版社

《鞍钢赞歌》纪征民 王维洲等著 辽宁人民出版社

《鞍钢英雄谱》本书编委会编 辽宁人民出版社

《发愤图强的业绩》毕昭平著 辽宁人民出版社

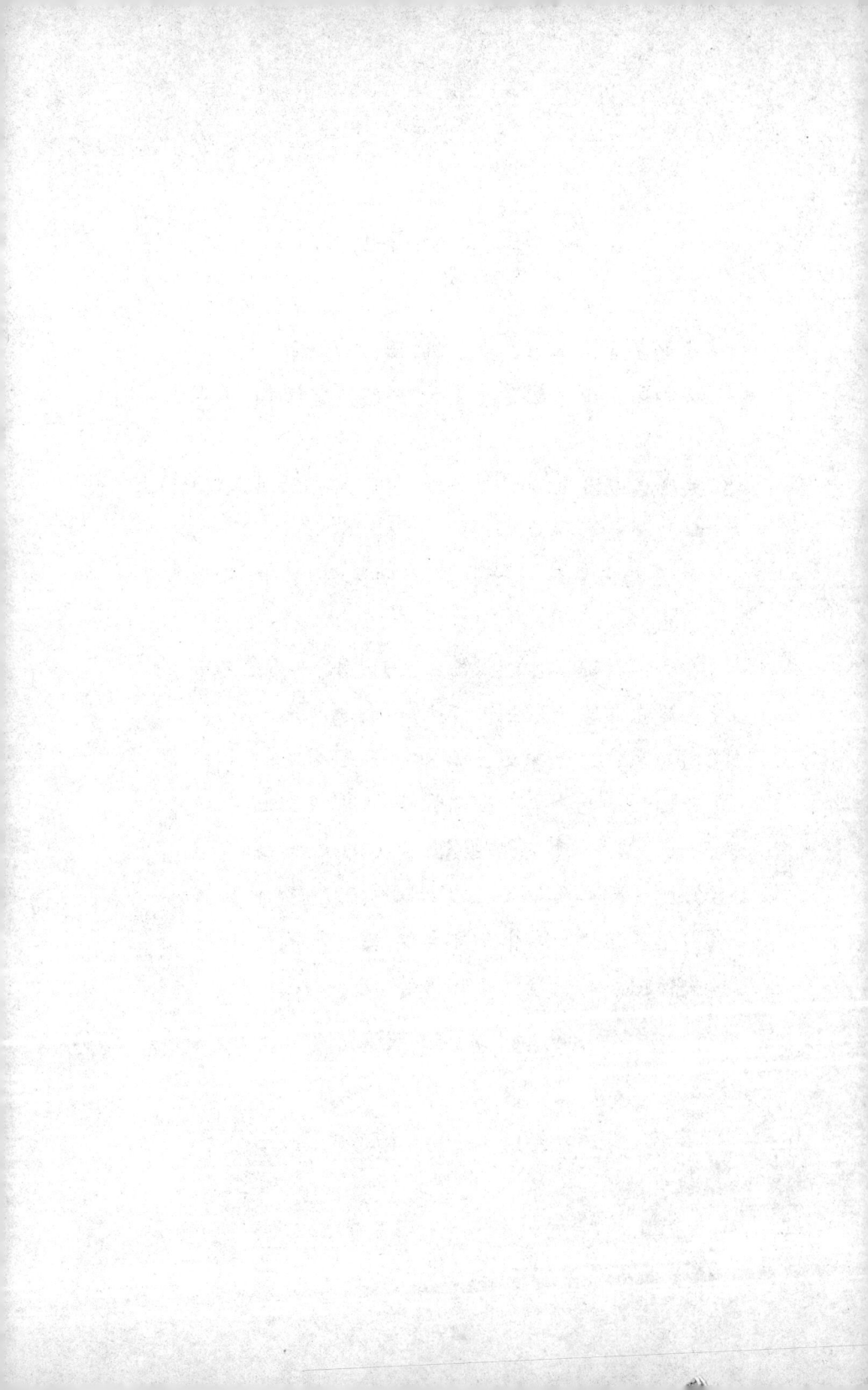